そんなところは今まで意識したことがなかったのに、
隆一に触れられるだけで特別なもののように思えてくる。
ひどく感じてしまう。全身の震えが止まらなくなった。

illustration.REIICHI HIIRO

背徳のくちづけ

kiss by immorality

柊平ハルモ
HARUMO KUIBIRA presents

KAIOHSHA　ガッシュ文庫

イラスト★緋色れーいち

CONTENTS

★本作品の内容はすべてフィクションです。
実在の人物・地名・団体・事件などとは一切関係ありません。

頬《ほお》をくすぐる、誰かの体温。

まぶたをゆっくり開けると、立佳《りっか》の視界《しかい》いっぱいを義兄《あに》の顔が占《し》めた。

視線《しせん》が絡《から》む。

そのとたん、いつも冷静《れいせい》で穏《おだ》やかな義兄に珍《めずら》しく、彼は動揺《どうよう》を見せた。困ったような、どうしてこんなことになったのかわからないというような、複雑な表情。

「お義兄《にい》さん……。帰ってたんだね」

立佳はまぶたを擦《こす》り、起きあがる。どうやら、リビングのソファで眠ってしまっていたらしい。

「ああ、ただいま」

立佳の姉の夫に当たる人は、今帰ってきたばかりなのだろうか。いつも通勤《つうきん》に使っている、濃紺《のうこん》に白に近いグレーのストライプが入った、品のいいスーツを着たままだった。スーツの胸にあるのは、検事《けんじ》の象徴《しょうちょう》である秋霜烈日《しゅうそうれつじつ》のバッジだ。

彼はすらりとした長身で、どちらかといえば物腰《ものごし》は柔《やわ》らかだ。理知的《りちてき》な顔だちは、とにかく整っていた。元モデルだった立佳の姉の隣《となり》に並んでも、遜色《そんしょく》ないほどの美貌《びぼう》の持ち主。フレームレスの眼鏡《めがね》が、その美しい面差《おもざ》しを際《きわ》だてている。

「今、何時……？」

呟《つぶや》いたが、答えを求めたわけじゃない。いくどかまばたきしてから、立佳は壁《かべ》の時計で時間を確認《かくにん》する。短針《たんしん》は、数字の十一を指《さ》していた。

「今日も遅かったんだね。お仕事、忙《いそが》しい？」

立佳は細い眉《まゆ》を寄せ、気遣《きづか》わしげに義兄を見上げる。

「……今、手がけている事件が、片づくまでは」

義兄は穏やかに笑った。この義兄から、立佳が仕事の愚痴《ぐち》を聞いたことは、一度もない。とても激務《げきむ》だし、大変なことも多いだろうに。

一緒に暮らすようになってから、一年経《た》つ。

立佳の両親は、中学生のときに事故で亡《な》くなっていた。それ以来、立佳は年の離れた姉と暮らしてきた。そのため、姉の結婚後は姉夫婦《あねふうふ》に引き取られたのだ。

義兄は、立佳のことを実の弟のように可愛《かわい》がってくれる。新婚夫婦の邪魔《じゃま》になるのを気遣う反面《はんめん》、義兄が当然のことのように自分の存在を受け入れてくれたのが立佳は嬉《うれ》しかった。

「しばらく、私の帰宅は遅くなる。だから、立佳は先に休んでくれていいよ」

眼鏡のフレームをそっと指で押さえ、義兄は立佳を労《いたわ》ってくれる。

「うん……。でも、大丈夫。どうせ、宿題とかやってると、こういう時間になるし」

立佳は、小さく肩を竦《すく》めた。

立佳の姉は、ほとんど家にいないんだ。だから、家には義兄と立佳の二人っきりになることが多い。

だから、立佳はなるべく義兄を出迎《でむか》えたかった。人気《ひとけ》のない家に帰る寂《さび》しさは、立佳も十分によく知っているから。

「今日はたまたま眠りこんじゃっただけだよ」

「無理はしないでほしい」

「無理じゃないよ。心配しないで」

にっこりと微笑《ほほえ》んだ立佳だが、ふと心配気な上目遣《うわめづか》いになった。

そうだ。立佳はいいけれども、義兄の気持ちは？

「……お義兄さんは、僕が待ってると気になる？」

義兄の迷惑《めいわく》にはなりたくない。立佳は、おずおずとした口調《くちょう》になる。

「気になるということはないが」

義兄は、少し考えこむような風情《ふぜい》になる。

「私は、ずっと一人だったからな。帰ってきたときに、立佳が出迎えてくれるというのは嬉しいよ」

義兄の言葉に、立佳はほっと息をついた。そうやって言ってもらえるのは、嬉しい。自分をいやな顔一つ見せず引き取ってくれた義兄のために、立佳はずっと何かがしたいと思っているのだから。

立佳は義兄のスーツの袖口《そでぐち》に、そっと指を伸ばす。そして、ぎゅっと握りしめた。指の先からも、自分の想いが伝わるように。

「僕も、誰かにお帰りって言えるのが嬉しいんだよ。ご飯作ったり、家の中を掃除したりして待ってるのも」

義兄の目元が和《やわ》らぐ。立佳の薄茶色《うすちゃいろ》の髪に、彼は大きな手のひらを載《の》せた。

「しかし、立佳にばかり、家事《かじ》のしわ寄せが行くのは申しわけないな。私か玲《れい》が、もう少し家にいればいいんだが」

「僕は家事くらいしかできないんだ。だから、気にしないでね」

立佳は、小さく首を横に振る。

「お義兄さんはお仕事忙しいし、姉さんは引退《いんたい》しても外出《がいしゅつ》が多いから……。一番家にいることが多い、僕が家事をするのは当然だよ」

言いながら、立佳はふいに不安になってくる。そういえば、この美しい一組《ひとくみ》の新婚夫婦《しんこんふうふ》は、すれ違いばかりだ。

「お義兄さんこそ、新婚なのに姉さんが出かけてばかりでいやじゃない？　でも、姉さんには悪気《わるぎ》はないんだよ。お義兄さんのこと、大好きなんだから」

「……わかっているよ」

義兄が頷《うなず》いてくれたので、立佳はほっとする。姉夫婦には、ずっと仲良くしていてほしい。立佳なりに、彼らの夫婦仲《ふうふなか》については気に病《や》んでいたのだ。すれ違いの責任の多くは、実の姉にあるのでなおさら。

家事を積極的《せっきょくてき》にこなしているのも、姉の不在《ふざい》が義兄の負担《ふたん》にならないようにと気遣う一心《いっしん》だった。

「そうだ。お義兄さん、ごはん先に食べてもらってていい？　その間に、お風呂の支度《したく》しちゃうから」

「自分でやるから、大丈夫だよ。立佳は、もう寝なさい」

立佳の頭に手のひらを置いたまま、義兄はじっと顔を覗《のぞ》きこんでくる。

「さっきも……――ぐっすり寝ていたんだろう？」

それは問いかけというよりも、確認のようだった。少しだけ、違和感《いわかん》の残る口調。立佳の気にしすぎなのかもしれないが。

「寝てたよ。なんだか、ふっと目が覚《さ》めたけれども」

「どうして？」

なにが気になっているのか、なおも優《やさ》しげな口調で義兄は問いかけてくる。

「わからない」

立佳は小さく首を傾《かし》げた。だって、本当にわからない。よく眠っていたのだから。

「……そうか、わからないのか」

心なしか、義兄はほっとしたような表情を見せる。彼はまつげを伏《ふ》せたが、目元には憂《うれ》いが漂《ただよ》っていた。

――お義兄さん？

その、なんとも言いがたい義兄の表情が、立佳の胸の鼓動《こどう》を高鳴《たかな》らせた。義兄の顔を間《ま》近《ぢか》で見るのは初めてじゃないのだが、どきどきが止まらなくなる。

――こんなに綺麗《きれい》な顔をしている男の人、あんまりいないからかな？　だから、きっとどきどきしちゃうんだ。うん、絶対にそうだよ。

立佳は、はにかむように目を伏せてしまう。

義兄には純粋《じゅんすい》な憧《あこが》れを抱《いだ》いている。けれども、その気持ちを知られてしまうのは、なんだか気恥《きは》ずかしかった。

「……立佳……」

義兄の形のいいくちびるが、立佳の名前の形に動く。初めてのことじゃないのに、すぐ傍《そば》で見てしまったせいか、ますます立佳の胸は熱くなってしまう。

義兄は、なにか迷《まよ》っている素振《そぶ》りだった。立佳の名前を呼んだきり、黙《だま》りこむ。

――どうかしたのかな。僕……なにもしてないよね。

立佳は呼吸を止めて、彼の表情に見入《みい》ってしまった。うまく言葉にできないのだが、義兄の顔はなにかの激しい感情を湛《たた》えて、いつも以上に凄絶《そうぜつ》に美しかった。

その切れ長の瞳《め》が、じっと立佳を見つめている。

立佳も思わず、義兄を見つめかえしてしまった。

どれくらい、そうして互いの瞳だけに視線を注《そそ》いでいただろうか。

やがて義兄がくちびるを開きかけた矢先《やさき》、携帯電話の呼びだし音《おん》が張《は》りつめていた空気を破《やぶ》った。

我《われ》にかえったように、義兄はスーツのポケットから携帯を取りだす。

「はい、鷹見《たかみ》ですが……」

義兄の深みのある声で、立佳もはっと目を見ひらいた。

なんだか、今まで夢でも見ていたようだ。実際、義兄に見つめられているうちに、夢心《ゆめごこ》地《ち》になってしまったのかもしれない。

——ごはん温《あたた》めようっと。

立佳は気分を変えるように軽く頭を振《ふ》ると、立ち上がる。まだ頬が火照《ほて》っている気がする。義兄の夕食を用意する前に、ミネラルウォーターでも飲んで落ちつくことにしようか……——キッチンに行こうとしたそのとき、立佳は義兄の言葉で立ち止まってしまった。

「……本当ですか？」

義兄の声の調子は、いつになく鋭《するど》い。立佳はつい、義兄を振りかえってしまった。

——お義兄さん、どうかしたの……？

立佳は首を傾げる。

義兄は携帯電話を握《にぎ》ったまま、立ちすくんでいた。そして、理知的な顔はすっかり青ざめてしまっていた。

「すぐに伺《うかが》います」

囁《ささや》くような声で電話の相手に返事した義兄は、携帯電話を折りたたむと、じっと立佳を見つめた。

「すまない、立佳。外出の用意をしてくれ」

「どうしたの、お義兄さん」

義兄の声も表情も、とても硬《かた》くなっていた。彼のこんな表情を、立佳は初めて見る。胸が、不安でつまりそうだ。

なにか悪いことが起こったに違いない……——立佳は、直感《ちょっかん》で悟《さと》る。

「明日の朝一番の便《びん》で、沖縄《おきなわ》に向かう。しばらく学校は休んでくれ。学校には私から、明日の朝連絡しよう」

義兄の声は内心《ないしん》の動揺《どうよう》を押し殺すかのように、感情を抑《おさ》えきった堅い声になる。それでも、かすかに語尾《ごび》が震《ふる》えた。

「沖縄?」

立佳はまばたきをする。そして、その地名の意味に気づき、はっと息を呑《の》んだ。

姉は今、モデル時代に親しかった友人と一緒に、沖縄の本島《ほんとう》にダイビング旅行へ行っているのだ。

「お義兄さん、まさか姉さんになにか……」

「ナイトダイビングに出ていたらしいが」

動揺をねじ伏せるかのように、義兄は早口になる。

「エア切れの時間がきても戻ってこなくて……。先ほど、病院に収容《しゅうよう》されたそうだ」

「え……っ」

立佳は、一瞬、頭がまっ白になる。

「エア切れって、酸素《さんそ》が足《た》りなくなったってこと？」

足元がたわんだような気がした。体がぐらつくが、義兄が素早く立佳を支《ささ》えてくれた。

「大丈夫か、立佳」

「う、うん。僕は大丈夫だけど……。姉さんは……？」

不安げに義兄を見上げるが、彼はくちびるを引き結んだまま答えない。しかし、その表情だけで、何が起こったかを悟るには十分すぎた。

「姉さん……っ」

言葉も出てこない。立佳の息は詰《つ》まってしまった。かわりに、涙が溢《あふ》れてくる。

姉は華やかで、勝気《かちき》で、いつだってスポットライトを浴びているような人だった。わが

ままなところもあったけれども、立佳は彼女にとても憧《あこが》れていた。好きだった。この世《よ》で
ただ一人、立佳と血のつながった人でもあった。
それなのに、その彼女は立佳から遠く離れた場所で死んでしまった。
泣きじゃくる立佳を、義兄の腕が抱き寄せてくれる。細身《ほそみ》だが、彼は力強かった。彼の
たくましい腕に支えられ、彼の温《ぬく》もりに包まれて、立佳は嗚咽《おえつ》をこらえようとした。
「……立佳」
義兄が、立佳へと頬を寄せてくる。彼も哀《かな》しみをこらえているに違いない。それなのに、
まずは立佳を慰《なぐさ》めようとしてくれるのだ。立佳はますます、哀しくなってきた。
立佳の丸みを帯《お》びた頬に、眼鏡が当たる。感触《かんしょく》がやけに冷たくて、印象的《いんしょうてき》だった。

それから。
立佳は、何度でもその夜のことを思いだす。
たった一人の姉を失った哀《かな》しみ、そして一抹《いちまつ》のうしろめたさとともに。
そのたびに、彼の眼鏡の感触が残る頬を指でまさぐってしまう——。

ACT 1

「今日は、牛肉の薄切《うすぎ》りが安いのかな……」

わざわざ家から持ってきた折りこみ広告を広げ、井上立佳《いのうえりっか》は眉間《みけん》に皺《しわ》を寄せる。広告を眺《なが》めて予算を抑《おさ》えた夕食の献立《こんだて》を考えるのは、ちょっとしたパズルみたいだ。

生活費は使いきれないくらい与えられているけれども、めいっぱい使うことはできない。なにせ、義兄《あに》のお金なのだ。節約《せつやく》できるところは、節約しておきたかった。

——それに、節約献立を考えるのって、一人暮らししてからも役に立つだろうし……。

机に頬杖《ほおづえ》をつき、立佳は考える。

もっとも、無理な節約をするつもりはない。食事は美味《おい》しいのが一番。忙《いそが》しい義兄の活力になるように。

——牛肉のアスパラ巻きにしようかな。塩コショウで味つけて……。そういえば、冷蔵《れいぞう》庫《こ》の中に古くなったトマトがあるなぁ。あれでトマトソース作ろうかな。あとは、スープと、つけあわせは何にしよう。

両親を亡くした中学一年生のときから、立佳は家事《かじ》をしている。必要に迫《せま》られてはじめたことだったが、今ではもう趣味《しゅみ》みたいなものだ。冷蔵庫の中にあるものに、何を買い足せばいいのか、食材を余らせないようにとか、考えはじめるとけっこう楽しい。

「また特売《とくばい》のチラシを見てるのか、立佳」

声をかけられ、立佳は顔を上げる。呆《あき》れたような顔をしているのは、クラスメイトの小《こ》杉《すぎ》だ。

わざとらしいくらい脱色《だっしょく》された髪や、片耳《かたみみ》のピアスなんかのせいで、おとなしい生徒の多いこの学校ではなにかと悪目立ちはしているものの、立佳にとっては気のいい友人だった。

「うん。今日の夕飯」

立佳はチラシを丁寧《ていねい》に折りたたむ。

「いつも、帰る前にそうしてるよな」

小杉は物珍《ものめずら》しげに、立佳の手元を覗《のぞ》きこむような素振《そぶ》りを見せる。

「学校の帰りに、夕飯の買い物をすませちゃいたいからね」

「主婦もたいへんだよな」

小杉の声は、笑いを含《ふく》んでいた。そんな小杉に、立佳は軽く首を横に振ってみせる。

「そうでもないよ」

見習《みなら》いたいとも思っている。

「ふ…うん」

小杉はどことなく、肩透《かたす》かしを食《く》らったというような表情を見せた。けれども、立佳にはその表情の意味がよくわからない。

「……小杉はもう帰る？」

立佳が尋ねると、小杉は気を取り直したかのように頷《うなず》いた。

「ああ。……っていうか、もうクラスに俺たちだけだぜ」

「あ、本当だ」

立佳は、辺《あた》りを見まわした。

ホームルーム後の教室は、がらんとしてしまっている。チラシに夢中《むちゅう》になっていて、みんなが帰っていくことに気づかなかったみたいだ。

──僕、やっぱり鈍《にぶ》いのかも。

どことなく落ちこんでしまうのは、引っこみ思案《じあん》な上に鈍い性格を、立佳なりに気にしているからだ。

思えば、小杉はよく立佳にかまってくれるものだ。まったく、正反対《せいはんたい》なのに。

もっとも、立佳は地味《じみ》な自分の性格がコンプレックスになっているせいもあり、小杉のようなタイプの人間が、大好きだが。

二年前に亡くなった姉も立佳とは正反対のタイプだったが、立佳は彼女をとても慕っていた。

高校三年生の春が過ぎ、もうすぐ姉が亡くなった季節になる。今の立佳の年には、姉はすでにモデルをしていた。華《はな》やかで、弟の欲目抜《よくめぬ》きにとても美人だった。それに、自己主《じこしゅ》張《ちょう》が激しく、なにがなんでも自分の意思を通す人だった。

立佳は自己主張が苦手で、いつも彼女の影でひっそりとしていたものだ。

血がつながっている姉弟《きょうだい》だったのに、まったく違った。

——姉さんとか、小杉みたいな力強い人に僕もなりたかったけれども。

立佳は、こっそり息をつく。人間はなかなか、自分が望んでいる姿にはなれないものだ。

「途中《とちゅう》まで、一緒に帰る？　小杉は、今日もバイトだっけ」

「そうだよ」

「すごいな。毎日、遅くまでなんだろう？」

立佳は、心の底からの感嘆《かんたん》を漏《も》らす。

「ま、好き勝手やるためには、多少は必要っしょ。汗水《あせみず》流すの」

たいしたことではないかのように、小杉は肩を竦《すく》めた。

小杉はミュージシャンになるのが夢で、今もバンドの主催《しゅさい》をしている。その費用を稼《かせ》ぐために、隠《かく》れてバイトをしているのだった。

立佳の通《かよ》う高校は、ほぼ八割の生徒がなんらかの形で進学《しんがく》する。穏《おだ》やかな学校だが、校《こう》則《そく》はやや厳《きび》しいのかもしれない。バイトは校則で禁止《きんし》されており、見つかれば両親が学校に呼びだされることを覚悟《かくご》しなくてはいけなかった。小杉も、苦労《くろう》している。

立佳は、小杉の行動力を羨《うらや》ましく思っていた。そして立佳も彼を見習い、自分の意思を通すために努力したいと考えて、ささやかながら立佳も行動に移したところだ。

「そういう立佳こそ、バイトしてんだろ？」

「うん。でも、あんまり遅くまではできないから……。わりがよくないんだ」

立佳は、小さく肩を竦めた。

実は立佳も、つい先々月からバイトをはじめている。もちろん、誰にも内緒《ないしょ》だ。

「お義兄《にい》さんにも、内緒なんだっけ」

「そうだよ」

立佳が頷くと、小杉は軽く眉を上げる。

「難《むずか》しい人なのか？　理由話して、応援《おうえん》してもらえばいいじゃん」

「心配させたくないんだ」

「いまどき、バイトくらいで心配しないって。それとも、やっぱり血がつながってない同《どう》居人《きょにん》と暮らしてると、好きなことするのは難しいわけ？」

どうやら、義兄のことを勘違《かんちが》いされてしまったようだ。小杉の言葉を、立佳は慌《あわ》てて否《ひ》定《てい》する。

「そんなことないよ。真面目《まじめ》ないい人なんだ。僕をわざわざ手元《てもと》に置いて、学校通わせてくれてるくらいだし」

帰る用意をしながら、立佳はつけくわえた。

「……もう姉さんは死んじゃったから、僕とは赤の他人なのにね」

「おまえも、いろいろ大変そうだな」

「大変なのは、お義兄さんだと思う……」

立佳は、ぽつりと呟く。

立佳の姉、鷹見玲《たかみれい》が沖縄で亡くなってから、すでに二年。立佳は、姉の夫であった鷹見隆一《りゅういち》と一緒に暮《く》らしていた。

姉以外に身寄《みよ》りがなかった立佳を、隆一はさも当然のことのように引き取ってくれた。おまけに、「私につきあって立佳が転校するのは可哀想《かわいそう》だから」と、転勤《てんきん》の多い前の仕事から、転勤がまったくない今の仕事に、わざわざ転職《てんしょく》までしてくれたのだ。

隆一への感謝《かんしゃ》は尽《つ》きることがない。

――本当は、ずっと傍《そば》にいたいけれども。

義兄のことを考えると、立佳の胸はちくちく痛む。ほろ苦《にが》く、そして甘い感情が胸の中に満《み》ち溢《あふ》れていくのだ。

この、複雑な気持ち……――立佳は、くちびるを噛《か》みしめる。これは、存在してはいけない感情なのに。

立佳は、もう彼の傍にはいられない。高校を卒業したら就職《しゅうしょく》して、鷹見家を出るつもりでいた。たとえ、義兄に反対されても。

「でもさー。立佳は家事やって、バイトして、学校来てるんだよな。すごい忙しくて、俺はたいへんだと思うけど」

「そうでもないよ」

「彼女できないぞ」

小杉は眉を上げたが、からかうように顔は笑っている。

「おまえはおとなしいから、雰囲気《ふんいき》にまぎれてわかりにくいけど、いい顔してんのにな。女が好きそうな、甘い整った顔」

「彼女はいらないよ」

立佳は苦笑《くしょう》する。立佳の顔をそんなふうに誉《ほ》めてくれるのは、小杉くらいだ。お世辞《せじ》でも、気持ちは嬉しいのだが。

「でも、好きなやつくらいいるだろう?」

「……それは」

立佳は口ごもる。

小杉はとても大切な友達だけど、本当のことは言えないのだ。

「小杉こそ、どうなんだよ。いつも、違う女の子といるみたいだけど……」

はぐらかすように言うと、小杉は息を呑《の》んだ。どうやら、触《ふ》れてはいけないことに触れてしまったようだ。

「人聞《ひとぎ》きの悪いこと言うなよ！　俺はこれでも、いつだって真剣《しんけん》なんだからな」

「ご、ごめん。小杉はそういうとこ、すごく真面目だもんね」

立佳は、にこっと笑う。

「あ、うん。……まあな」

小杉はなぜか、どもったような返事をした。

「彼女作るなら、協力するぞ。コンパとか」

「ありがとう。でも、そういうのはいいよ。高校出てからにする」

気を遣《つか》ってくれる小杉の気持ちはありがたいのだが、立佳はやんわりと断った。

――彼女とか……。そういうのは、考えられないよ。

好きな人のことを考えるとき、立佳が思いだすのは頬に当たった冷たい眼鏡のレンズの感触《かんしょく》だ。

恋という言葉は、立佳にとっては苦いだけだ。

＊　＊　＊

学校から一度家に戻り、バイトに行く。駅前の商店街《しょうてんがい》の中のスーパーで、夕方から夜にかけてのレジうち……――これが、平日の立佳の過ごし方だ。

スーパーの時給はささやかだ。でも、家事の手を抜いて義兄に迷惑をかけたくないため、八時くらいまでしかバイトができない立佳には、あまりバイトの選択肢《せんたくし》がなかった。それに、あまりマンションから離れたところでも、バイトできない。家事の手は抜きたくなかった。

バイトのあと。明かりのついていないマンションに帰った立佳は、自分の部屋のベッドに大《だい》の字《じ》になり、ため息をついた。

――卒業までに、いくら貯まるかな。

時給八百五十円。平日のみの三時間勤務《きんむ》では、なかなか貯金《ちょきん》も貯まらない。目標額は決めていないが、貯金は多いに越したことはない。とにかく、こつこつと積み上げていくつもりでいた。

――部屋を借りるのにも、お金かかるし……。就職しても、初任給《しょにんきゅう》が出るまでに一カ月くらいかかるよね。どれくらい必要なのか、さっぱりわからないけれども……。いろいろ研究しなくちゃ。

立佳は、ぼんやり考える。

独《ひと》り立《だ》ちの資金になればと思って、立佳はバイトをはじめた。

亡くなった両親も姉も、ささやかながら立佳に資産《しさん》を残してくれている。それも、大切な一人暮らし資金の一部だが、いざというときのことを考えると、もう少し足しておきたい。


「本当は、バイト代から生活費を渡したいんだけどな……」


おそらく義兄は受け取ってくれないだろうが、気が引ける。

現在の生活費は、すべて隆一が面倒を見てくれていた。生活費を遺産《いさん》の中から払おうとしても、彼は立佳の家族が残してくれたものなのだから大切にとっておくようにと言ってくれていた。「義理《ぎり》とはいえ、兄弟だから」と、穏やかだが力強く主張《しゅちょう》されてしまうと、立佳は何も言えなくなる。小遣《こづか》いをもらうことだけは、なんとか断ってはいるが。

――でも、バイトの話をしなくちゃいけなくなるから、言いだすのは無理か。

立佳は、細い眉を寄せた。

今は、貯金を考えたほうがいいのかもしれない。

いずれ立佳が就職してから、隆一が面倒《めんどう》を見てくれていたぶんは、みんな返そう……――。

お金でも、心でも、行動でも。

高校を出たら、立佳は就職し、隆一のマンションを出ようと思っていた。高校まで出させてくれただけで、十分だ。これ以上、迷惑をかけたくない。

隆一と玲の新婚生活は、一年しか続かなかった。縁《えん》の薄《うす》かった妻の弟を引き取ってくれた隆一は、優しい男だ。

——検事《けんじ》の仕事まで、辞《や》めちゃったもんな。

立佳は、ごろりと寝返《ねがえ》りを打つ。

玲が亡くなるまで、隆一は検事をしていた。検事が天職《てんしょく》というくらい、熱心《ねっしん》で有能《ゆうのう》な人だったという。

しかし、検事は転勤が多く、どうしても生活が不規則《ふきそく》になりがちだ。立佳を転勤につきあわせるわけにはいかないし、長い時間一人ぼっちにしておけないと言って、隆一は弁護士に転職してしまったのだ。

——僕のせいで……。

心臓が、ぎゅっと縮《ちぢ》こまる。

隆一は恩着《おんき》せがましいことを言う人ではないが、立佳のために犠牲《ぎせい》にしたことも多いはずだ。立佳にもわかってしまったのは転職の件だけだが、きっと他《ほか》にも彼が立佳のためにしてくれていることがあるに違いない。

隆一は、とても立佳を大切にしてくれている。検事をしていたころほどではないにしても、隆一の帰宅は夜九時ごろになることも多い。彼はとても申しわけなさそうな顔をしていることがある。彼のその気遣いは、申しわけなくも嬉しいものだった。

――留守番《るすばん》は平気だよ。お帰りって言えるの、嬉しいんだから。

立佳は、まぶたの裏の隆一の面影《おもかげ》に語りかける。

彼のために家の中を整え、食事を用意して、出迎《でむか》える。こんなに幸せなことはないのだ。

隆一のために立佳ができることなんて、本当にそれだけなのだから。

「そうだ、ごはん作らなくちゃ」

ごろごろしていた立佳は、慌てて飛び起きる。いけない。隆一が帰ってくる前に、食事の用意をしておかなくては。

さすがに立ち仕事をしてきたあとなので、体は疲《つか》れている。けれども、自分が決めたことだ。絶対に、家事の手抜きだけはしない。

隆一には、バイトをしていることは秘密《ひみつ》だった。このマンションを出て、一人暮らしをするためだと言ったら、彼はきっと理由を聞いてくる。そもそも、隆一は立佳が進学をすることを望んでいるのだ。

理由を問い詰められたら、立佳は上手《うま》くごまかす自信がなかった。

あなたと暮らせないからだ……――なんて。

彼の傍にいたい。彼のために、なにかしたい。けれどもその想いと源《みなもと》が同じであるはずの感情ゆえに、立佳はこれ以上彼の傍にいることはできなかった。

立佳が部屋に引っこんでいる間に、電話が入っていたようだ。赤いランプの点滅《てんめつ》に誘《さそ》われるように近づいて、留守電《るすでん》を解除《かいじょ》する。流れてきたのは、隆一の声だ。

『隆一だ。今日も、予定どおり帰る。食事はすませたか？　よかったら、先に休んでいてくれ』

穏やかで、深みのある声だった。

――本当に、律儀《りちぎ》だな……。

立佳は、表情をほころばせる。

隆一は毎日、必ずこうして電話を入れてくる。事務所を出る前のお約束だった。

根《ね》が生真面目《きまじめ》な義兄は、未成年《みせいねん》の立佳を家に一人にしておくことに、罪悪感《ざいあくかん》があるらしい。玲が生きていたころからそうだった。

両親が亡くなって、玲と二人暮らしだった間、立佳は放っておかれるのが当たりまえだった。玲は女性ファッション誌の専属《せんぞく》モデルをしていた。撮影《さつえい》などで留守にする他、業界《ぎょうかい》の人たちとのつきあいにも熱心で、ほとんど家にいなかったのだ。

玲に悪気《わるぎ》があったわけではなく、楽しいことが大好きで、奔放《ほんぽう》な人だった。だから立佳は、彼女が家にいなくて、一人ぼっちだった状態に文句《もんく》を言うつもりはない。そういうものだと思っていた。

けれども、隆一は違う。

――優しいお義兄さん。

フレームレスの眼鏡が彼を理知的に、時には冷たくも見せる。けれども、彼は気配《きくば》りの人だった。

そういうところが、立佳はとても……――はっと我にかえる。立佳は、小さく首を横に振った。

いけない。

また、考えてはいけないことに思いを馳《は》せてしまうところだった。

とても罪深《つみぶか》い感情に。

隆一と出会うまで、立佳は一人でいることが当たりまえだった。平気だった。けれども、今は違う。

彼の思いやりは、立佳に寂《さび》しさを教えたのだ。

＊　＊　＊

夜九時半。隆一は判《はん》で押したように、毎日この時間に帰ってくる。

立佳は必ず、隆一を玄関まで出迎えることにしていた。

そして、「お帰りなさい」と言う。

その習慣《しゅうかん》だけは、どんなときでも変えたことはない。

時計の針を気にしながら、調理器具《ちょうりきぐ》の片づけを終えたところ、玄関《げんかん》から鍵《かぎ》を開ける音が聞こえてきた。立佳はタオルで手を拭《ぬぐ》うと、いつもみたいに玄関に顔を出す。

玄関の花瓶《かびん》には、大輪《たいりん》のカサブランカが飾《かざ》られていた。この花が、マンションから消えたことはない。いつでも、部屋の中には濃厚《のうこう》な香りが漂《ただよ》っている。

「お帰りなさい、お義兄さん」

「……ただいま」

隆一の受けこたえは、いつも変わらない。どんなに疲れているときでも、穏やかに応えてくれる。

彼は玲が亡くなってから少し変わってしまったように思う。

もともと物静《ものしず》かな人ではあったが、とても無口《むくち》になった。沈んだ雰囲気で考えこんでいることが多くなったように思う。彼女が亡くなった直後《ちょくご》は、そうでもなかった気がするが、立佳もはっきりとは覚《おぼ》えていない。

ただ、玲の四十九日《しじゅうくにち》の法要《ほうよう》が終わり、落ちつきはじめたころにはもう、隆一は寡黙《かもく》な人になっていた。

決して、立佳に冷たいというわけではない。けれども、ときおり苦しそうな表情で立佳を見るから、立佳も彼にどうやって関《かか》わればいいのかわからなくなってしまう。

もっとも傍《はた》から見れば、隆一は多少もの憂《う》げな表情を見せることが増えただけで、そんなにも変わらなく見えるようだ。けれども立佳は、まだ彼は哀しみから立ち直れないのだろうと思っている。

たぶん、隆一の変化に敏感《びんかん》なのは、それだけ立佳が彼をよく見ているからだろう。

立佳と隆一は、玲が亡くなってからというもの会話がどんどん減っていた。隆一は哀しみのせいで寡黙になってしまったのだろうが、立佳はあまり隆一と話をしないように意識的に避《さ》けているのだ……——誰にも言えない『秘密』があるから。

「ごはん、用意したから」

「ありがとう」

着替えるために自分の部屋に戻っていく隆一のうしろ姿を見送り、立佳は夕飯《ゆうはん》を温めなおす。最近は食事を作るついでに、一人で食事をすませてしまうことも多い。でも、今日は支度が遅れたので、立佳も一緒に食べるしかなくなる。最近は進路問題で意見が対立していることもあり、前以上に隆一と一緒にいると緊張感が漂うのだが。

静かすぎる食卓《しょくたく》の気まずさを思うと辛《つら》いのだが、彼の顔を見ていられる大義名分《たいぎめいぶん》がある。

それは、幸せなことか不幸なことなのか、立佳にもよくわからない。

二人になってから東京に引っ越したので、新しく買ったダイニングテーブルは、新婚用の小さなものだった。本当なら、このテーブルにこそ玲の席があるのがふさわしいのだろう。弟の立佳しかいないのは、皮肉《ひにく》なことだ。

「学校はどうだ？」

静かな食卓。ぽつりと、隆一の問いが転がる。

「楽しいよ」

立佳は、小さな声で答えた。

玲が生きていたころも、食卓には二人だけのことが多かった。結婚してからも玲の華やかな交友関係《こうゆうかんけい》は変わらず、彼女は不在《ふざい》がちだった。けれども、あのころは立佳もよく話をしたし、隆一も、今よりは多弁《たべん》だったと思う。

最近のこの静けさは、なんとなく胸に痛い。もっと会話が弾めばいいのにと思う一方で、なにを話せばいいのかわからないし、本当に伝えたいことは伝えられないのに。矛盾《むじゅん》してるし、勝手なことを願っているのはわかっているのだが。

ふと、会話が途切《とぎ》れる。いつもこの調子だ。かつての立佳のように、学校であったことをあれこれと隆一に話したりすれば、こんな気まずい沈黙《ちんもく》は続かないのかもしれないが……――しかたがない。話をすることで秘密を知られるのが怖かった。

立佳には、いくつも『秘密』がある。

隆一と一緒に暮らしたくないという秘密。そのためにバイトをしているという秘密。進学をしたくないという秘密……——けれどもそれらの秘密はみんな、立佳の隠《かく》している一番大きな『秘密』を隠すためのものだった。

立佳は嘘が下手《へた》だ。だから、なにかを隠すためには黙りこむしかない。

それに、隆一と話をしていたら、つい言ってはいけないことまで言ってしまいそうで、それが怖《こわ》くて、立佳は彼に対して言葉を惜《お》しむようになった。

隆一も、言葉少なだ。前はもう少し自分のことを話してくれる人だった気がするけれども、玲が亡くなってからは、通《とお》り一遍《いっぺん》のことしか口にしなくなってしまった。

玲の事故の痛手《いたで》から、彼はまだ立ち直れないのだ。

この家に漂うカサブランカの香りも、その証《あかし》だった。

——姉さんのことが、本当に好きだったんだね。

立佳は、心の中で呟《つぶや》く。

胸が、ずきんと痛んだ。

玲が亡くなったあとの隆一の憔悴《しょうすい》ぶりは、身近《みぢか》にいた立佳が一番よく知っている。いたたまれなくて見ていられないというのは、あのことだ。本人が哀しみを押さえこもうとしているから、よけいに。

前ほどは頻繁《ひんぱん》じゃなくなったけれども、今でも隆一は、新聞も本もテレビも見ず、ソファに座ってじっとしていることがある。

少し俯《うつむ》きかげんで、やつれてさえ見える横顔は憂《うれ》いを含み、もともと品《ひん》よく整った彼の顔立ちに、独特《どくとく》の色気《いろけ》が漂った。彼のその姿を見かけるたびに、立佳の胸は痛くなる。そういうときの彼がたいてい、玲の写真を眺《なが》めているから……。

「そういえば、もうすぐ三者面談《さんしゃめんだん》だったな」

会話にならないのに、隆一は話を続けようとする。いつもより積極的だ。

ここのところ、あらためて話をする機会《きかい》もなかったから、立佳の現状《げんじょう》を把握《はあく》するためもあるかもしれない。保護者《ほごしゃ》として、立佳を放ってもおけないのだろう。彼は、責任感が強い人だった。

「……そうだけど……。お義兄さん、仕事忙しいでしょう？　来なくていいよ」

立佳は、小さく頭を横に振る。

「そうはいかない。立佳も、もう高校三年生だからな。進路《しんろ》のこともあるだろう？　担任《たんにん》の先生には、私からもよくお願いしておきたいし」

隆一の言葉に、立佳はふぅっとため息をついた。

「お義兄さん。何度も言ったと思うけれども、僕は大学に行かないよ。就職する」

「今の高卒《こうそつ》の就職事情は厳《きび》しい。進学したほうがいいだろう。そのぶん、将来の選択《せんたく》の幅《はば》が広がる」

穏やかだが、譲《ゆず》らない口調で隆一は言う。

「でも」

立佳は反論《はんろん》しようとする。けれども、さっと隆一に遮《さえぎ》られてしまった。

「進学の費用のことなら、心配ない。それくらい、私に出させてほしい」

「お金のこととかも……。これ以上、お義兄さんに迷惑《めいわく》かけたくない。それに、僕は早く自立《じりつ》したいんだよ。わかって」

立佳はなんとか隆一を説得《せっとく》しようと、慣《な》れない自己主張をする。しかし、隆一は聞き入れてくれない。

「だが、私は玲と、立佳が一人前になるまでちゃんと面倒を見ると約束したんだ」

その約束は、おそらく隆一の心の中だけのもの。玲の遺影《いえい》との約束だ。生前《せいぜん》の姉が、そんなに生真面目《きまじめ》に、立佳のことを隆一に相談していたとは思えない。だいたい、彼女はあんな若さで死ぬなんて、かけらも思っていなかっただろう。

「……玲との最後の約束だ。守らせてほしい」

隆一は、頼みこむような口調になる。

——お義兄さんはずるい。

立佳は箸《はし》を置き、俯《うつむ》いてしまった。

——僕、なにも言えなくなるじゃないか……。

亡くなった人との約束を盾《たて》にとられると、さすがに弱い。もう相手はいないからこそ、その約束を翻《ひるがえ》させるのは難しいのだ。

そして、隆一の気持ちは立佳にもわかる。だから、反抗《はんこう》しづらかった。立佳の義兄でありたいという隆一の想いは、玲への気持ちにもつながっているのだ。

「お義兄さんは、本当に姉さんが好きだったんだね」

立佳は、ぽつりと呟《つぶや》く。

そのとたん、胸がずきっと痛んだ。けれども立佳は、その痛みに気づかないふりをする。だって、これは存在してはいけない想いなのだから。

「……」

隆一は俯き、黙りこんだ。彼のような人は、「愛している」などということを簡単に口にできないのかもしれない。

けれども、隆一が玲を愛しているのは間違いなかった。彼女が亡くなってから、隆一はずっと憂愁《ゆうしゅう》に囚《とら》われている。そして、彼女と約束したからと言って、血のつながりがない立佳の面倒を見てくれようとしている。

そもそも、玲と結婚するときにも、立佳というおまけがいることを知りながら、隆一はいやな顔一つしなかった。

結婚が決まってから、たびたび玲は立佳をデートにまで引っ張って行った。自分なんかが一緒では隆一に悪いというのに、玲はちっとも聞き入れなかった。けれども、隆一は立佳を邪魔者扱《じゃまものあつか》いしたことは、一度だってなかったのだ。

玲の弟だから、立佳を大切にしてくれる。それほどまで、玲を愛していたのだろう。魅力的《みりょくてき》だがわがままな姉に、彼はよく尽《つ》くしていた。

玲はなにをするにも華やかでお芝居《しばい》じみたことが好きで、隆一が家に遊びにくるときには、大好きなカサブランカを必ず持ってこさせたりしたものだ。

もっとも、玲のイメージは大輪の薔薇《バラ》だ。深紅《しんく》というよりはピンク。華やかだが、甘えんぼうなところがあった彼女にはよく似合う。そんな彼女が、いくら艶《あで》やかな花とはいえ、白いカサブランカを好んだのは意外《いがい》な気もするが。

隆一のような男性が花屋に入るのは、けっこう抵抗《ていこう》があるんじゃないかと思う。けれども隆一は、姉の願いをちゃんと叶《かな》えていた。包容力《ほうようりょく》のある人だから、むしろ彼女のわがままを楽しんでもいたのかもしれない。

今でも隆一は、カサブランカを買ってくる。もう渡すべき相手はいないが、彼女の想い出と彼女への愛情《あいじょう》に捧《ささ》げるかのように。

だから、このマンションにはいつもカサブランカの芳香《ほうこう》が漂っていた。

立佳は、あまり花には興味がない。けれども、隆一が選んで買ってきたもの、彼の愛情がこもっているかと思うと、とても大切なもののような気がしてくる。玲はもともと、花でもなんでももらいっぱなしで世話をしない人だったから、彼女が生きていたころから立佳がもっぱらカサブランカの世話係《せわがかり》だ。でも、ちっともいやじゃなかった。むしろ、姉がそこまで愛されていることは誇《ほこ》らしく、嬉しくもあった。それに隆一の想いを大切にしたくて、受け取った花は大事にした。

花が傷《いた》みはじめる前に、たいていは隆一は新しい花を買ってくる。ごくたまに、彼が忙しくて間に合わないときには、立佳が自分のお小遣《こづか》いから新しいカサブランカを用意していた。その花をしおれさせると、誰よりも隆一が哀しむ気がするから。

「……とにかく、進学はしてくれ。担任の先生とも、その方向で話をしよう。まだ夏休み前だ。立佳は真面目に勉強しているようだし、今から受験の準備をしても、それなりのところは狙《ねら》えるだろう」

「でも、お義兄さん……。僕は進学したくないのに」

立佳は言葉を濁《にご》す。隆一の決意が固いことはわかるのだが、立佳だって一人暮らしへの欲求《よっきゅう》は強い。

「私に気兼《きが》ねすることはないんだよ、立佳」

「そうじゃなくて……」

立佳はくちびるを引き結ぶ。

「……なにか、理由があるのか？」

立佳が俯いてしまったのを気にしてか、隆一が優しく尋《たず》ねてきた。しかし、立佳は答えられない。

答えられるはずがない。

これ以上、隆一の傍にいたくないからだなんて……！

——お義兄さんが悪いんじゃない。僕が、みんな悪いんだ……。

胸がときめくせいではなく、罪悪感のあまり痛みだす。立佳の心の中を隆一が覗《のぞ》いたら、きっと今すぐにでもこの家から追いだすだろう。それほど、立佳の心の中で、間違った感情が育《そだ》ってしまっている。

けれども、立佳は隆一にだけは嫌《きら》われたくなかった。だから、どうしても、なにをしたって、自分の気持ちは隠しとおしたいのだ。そのためにも、彼とは少し距離を置きたかった。

「ご馳走《ちそう》さま」

立佳は、そそくさと箸をおろす。

「僕、お風呂の用意してくる。お義兄さんは、ゆっくり食べていて」

「立佳」

まだ話をしたそうに、隆一は立佳を呼びとめようとした。だが、立佳が聞かなかったふりをすると、ため息をついて黙りこんでしまう。諦《あきら》めてくれたようだ。

ぎこちない沈黙が、辺りを支配《しはい》する。逃げだすように、立佳は食器を持ってキッチンに移ってしまった。

＊　＊　＊

「お義兄さん、お風呂沸《わ》いたから」

夕食のときの気まずさを引きずり、まだ義兄と話しにくい。それでも立佳は風呂の準備をすませて、先に隆一を休ませようとした。

「ありがとう」

隆一はもの言いたげだったが、バスルームへと去っていく。立佳はほっとした。彼とは、あまり突っこんだ話をしたくない。

隆一が食事をすませたあとに綺麗《きれい》に洗ってくれた食器類を拭《ふ》きながら、立佳は洗濯《せんたく》したバスタオルを取りこんだままにしていたことに気づく。たしか、バスルームのストックもない。このままだと、風呂から上がった隆一が困るだろう。

——用意しておいてあげないと。

タオルを抱《かか》え、慌《あわ》ててバスルームに行った立佳だが、脱衣所《だついじょ》のドアを開けて立ちすくんでしまった。

隆一と、鉢合《はちあ》わせしたからだ。

「ご、ごめんなさい。お義兄さん……！」

頬が、かっと熱くなる。立佳はバスタオルを胸に抱きしめ、動揺《どうよう》を抑《おさ》えようとした。

「ああ、いや……」

ドアを開けられたことよりも、立佳の慌てふためきようのほうがよほど驚いたのか、隆一はさすがにあっけにとられた表情になる。

眼鏡を外した彼は、ちょうど上半身裸《じょうはんしんはだか》になったところだったようだ。隆一は細身《ほそみ》だが、しっかりと筋肉はついている。着やせするタイプなのだろう。

玲が亡くなった夜、ショックのあまりふらついた立佳は、あの胸に抱き寄せられたのだ。そして、力強い腕に体を支えられた。

立佳はこの年代にしては少しやせすぎではあるものの、標準的な体格だ。でも、大人の男の腕は、とっさに立佳を支えても揺《ゆ》らぎもしなかった。

隆一は、書斎《しょさい》で物静かに本を読んでいる印象が強い人だが。力強い意外な一面を見せられると、動揺が治まらなくなる。

「立佳、どうかしたのか？」

服を脱《ぬ》いだせいか乱れた前髪《まえがみ》を掻《か》きあげながら、隆一が尋ねてきた。

いつもきちんとセットされている黒髪《くろかみ》が乱れ、長めの前髪の間から覗く瞳は鋭《するど》い。視《し》力《りょく》が悪いせいだろうが、いつになく理知的な男が見せた野性《やせい》に、立佳の胸は高鳴ってしまった。

「ご、ごめんなさい。バスタオルだから、使ってね！」

作りつけの棚《たな》にぞんざいにタオルを載せ、立佳はそのままバスルームを飛び出る。つい駆《か》け足《あし》になってしまった。隆一に不審《ふしん》がられただろうか？

――びっくりした……。

閉じたドアに背をもたれかけさせ、立佳はため息をつく。不意打《ふいう》ちは心臓に悪い。後ろめたさが加味《かみ》されていれば、なおさらだ。

「……最悪」

立佳は俯き、ぽつりと呟いた。

目を閉じても、先ほどの隆一の体は、まぶたの裏に焼きついている。まだ成長中の立佳とは違う、完成された大人の体。身のこなしのスマートさそのまま、無駄《むだ》な肉などどこにもない。

――気をつけないと。

立佳は、左胸を押さえた。

注意深く、用心《ようじん》しなくてはいけない。あと一年。もつだろうか？

——僕はおかしいんだよ、お義兄さん。

動悸《どうき》はまだ鎮まらない。そのことが、ますます立佳の後ろめたさを煽《あお》る。

この二年というもの、この後ろめたさは増すばかりだ。罪悪感まみれの心は、絶対に隆一に気づかれてはいけないのだ。

立佳は、苦しげに眉《まゆ》を顰《ひそ》める。

義兄の体温を感じ、初めて胸がときめいたのは、よりにもよって姉の亡くなった夜だった。

姉の事故を知らせる電話がかかってくる、直前。顔を近づけられて、立佳はどうしようもなく気持ちが舞い上がってしまっていた。

だからこそ、よけいにこの感情は罪深い想いと結びついている。

——このままだと、僕は自分が抑えられなくなる。

隆一の傍にいればいるほど、立佳はどんどん罪深くなっていく。

注意深く、用心して、この『秘密』を隠さなくてはいけない。そのために、どれほどたくさんの秘密を重《かさ》ねようと。

『好きなやつくらい、いるだろう?』

どこからか、昼間の小杉の言葉が聞こえてくる気がする。

小杉みたいに、隆一みたいに、玲みたいに、立佳の恋は表《おもて》ざたにできるものではない。

罪の意識にまみれた恋。
立佳が好きなのは、この世《よ》でただ一人。だからこそ、彼の傍《そば》にはいられない。

期末考査《きまつこうさ》の結果も出揃《でそろ》った、夏休み前。進路《しんろ》を最終決定《さいしゅうけってい》するための三者面談《さんしゃめんだん》は、揉《も》めるだろうとは思っていた。なにせ、保護者《ほごしゃ》と被保護者《ひほごしゃ》で、希望が完璧《かんぺき》にすれ違っているのだから。

ところが、立佳《りっか》を待ち受けていたのは、予想よりもさらに最悪な展開《てんかい》だった。

「進路の話をする前に」

初老《しょろう》の担任は、鹿爪《しかつめ》らしい表情になって咳払《せきばら》いする。

「井上《いのうえ》くんの家庭状況は、こちらでも理解しております。ですから、あまり事《こと》を荒立《あらだ》てないように、機会をうかがっておったのですが……」

忙しい中、半休《はんきゅう》をとってくれた義兄《あに》は眉《まゆ》を寄せた。

「あの、立佳がなにか」

「いえ、実はですね、地域の方からのご報告があって」

担任の視線が、立佳に移る。

「立佳くんが、アルバイトをしているという話が」

立佳は表情を強張《こわば》らせた。

――しまった……！

義兄の顔が、見られない。

立佳は、膝《ひざ》の上で手のひらを握《にぎ》りしめる。握った手は、じっとりと汗ばんでしまっていた。

＊　＊　＊

三者面談のあと。学校を出ると、隆一《りゅういち》は立佳を連れて花屋に立ち寄った。そこで、大輪《たいりん》のカサブランカの花束《はなたば》を、二つ作ってもらいその足で都下《とか》に向かう。玲《れい》の眠る墓所《ぼしょ》へと。

華《はな》やかな彼女は、今は郊外《こうがい》の静かな場所で眠っていた。

きちんとしたスーツ姿の男が、大きなカサブランカの花束を二つも持っている。非日《ひにち》常《じょうてき》的な姿のはずなのに、彼の理知的《りちてき》な容貌《ようぼう》にはなぜかよく似合《にあ》っていた。

花束のうちの一つを玲の墓前に添《そ》えて、隆一は手を合わせた。

立佳も、手を合わせて目を閉じる。

――姉さん、ごめんなさい。僕、お義兄《にい》さんに迷惑《めいわく》かけちゃった……。

バイトの件を担任に切りだされたとき、隆一は深々《ふかぶか》と頭を下げ、「申しわけありません。

南無

私の監督不行《かんとくふゆ》き届《とど》きです」と詫《わ》びた。彼らしく、その場では一言《ひとこと》も立佳を叱《しか》らずに、ひたすら担任に向かって詫びていた。

本当に申しわけなくなって、立佳が担任に「僕はお義兄さんに黙《だま》ってバイトしていました。すみません。すぐにやめます」と言うと、隆一は隆一で「仕事にかまけていた私が悪い」と言いだす。バイトくらいいいじゃないかと、反発《はんぱつ》する気にもならなかった。隆一は誠実《せいじつ》で、立佳のことを心の底から気遣《きづか》ってくれているのだ。

自分のせいで隆一が責《せ》められたらと思うと気が気ではなく、立佳は何度も何度も担任と隆一に詫びた。

隆一を困らせたいわけじゃなかったのに。

一人暮らしの資金は貯《た》めたい。でも、あんなふうに隆一に頭を下げさせるくらいなら、バイトをするべきではなかったのかもしれない。

担任のほうはというと、立佳の複雑《ふくざつ》な家族事情は熟知《じゅくち》している。むしろ、互《たが》いを庇《かば》いあう隆一と立佳の姿を見て、ほっとしたようだ。ベテランの教師だけあって、気を遣ってくれたらしい。

どうやら、立佳が義兄と折り合い悪く、金銭的《きんせんてき》に不自由しているためにバイトしているのかもしれないと危《あや》ぶんでいたようだ。

そんなふうに担任を気遣わせたのも、隆一が他人に悪く思われるような原因《げんいん》を作ってしまったことにも、立佳は罪悪感《ざいあくかん》を持った。

——隆一さんに迷惑をかけておいて、一人暮らしもなにもないよね。でも、どうしたらいいんだろう……。

結局、最初にバイトの話を持ちだされたため、立佳は進路のことで強く言えなくなったのだ。隆一は担任に、立佳を進学させたいという希望を告《つ》げ、担任のほうは私立《しりつ》の文系《ぶんけい》ならば入れるでしょう、と請《う》けあっていた。立佳は一応、就職希望とは告げたが、よく考えてみなさいの一言で、発言を封《ふう》じられてしまった。

その後、隆一は玲の墓所までやってきたのだ。

担任に詫びたのと同じように、玲に詫びたかったのかもしれない。隆一は、立佳を玲からの預《あず》かりものだと思っているから。

「……玲に謝《あやま》ったか？」

立佳を振《ふ》りむかないまま、隆一は静かに尋ねてくる。黒御影石《くろみかげいし》はまるで夜の窓《まど》のようで、隆一の長身を映《うつ》していた。でも、さすがに表情までは映りこんでいなかった。

「謝ったよ。……本当に、ごめんね。お義兄さん」

立佳は小声で詫びる。

「私こそ、もっと気を配れなくてすまなかった。立佳が控《ひか》えめで遠慮《えんりょ》がちな性格ということは、わかっているのに……。立佳も高校三年生になったんだから、高額《こうがく》のものをほしくなることもあるだろうな。なにが必要だったんだ？」

「ち、違うんだ。ほしいものがあったから、バイトをしていたわけじゃないんだ。そういうんじゃないけれども」

本当のことは言えない。立佳は口ごもる。

「……ごめんなさい。バイトは辞めるよ」

「戻ったら、バイト先のほうにも行こう。急に辞めることになるわけだから、よく謝らないと」

「うん……」

隆一は、バイト先まで一緒についてくるみたいだ。さすがに申しわけなくて、立佳は呟《つぶや》いた。

「僕、一人で謝ってくる。ちゃんとわけを話して、ちゃんと辞めるから」

「立佳の保護者は私だ。まだ、君は未成年だからね。一緒に謝るよ」

隆一は、一歩も譲《ゆず》らない。

「お義兄さん……」

立佳はあらがおうとして、黙りこむ。さんざん迷惑をかけている身では、反論するのさえ気が引けた。

「もっとも……。玲が生きていたら、バイトくらいなんだって言うんだろうが」

隆一は、ぽつりと呟いた。彼は、かすかに苦笑《くしょう》している。

「そうかも」

立佳は、姉の墓標《ぼひょう》を見つめる。

玲が生きていたら、「どうしてバレないようにバイトしないのよ」と怒《おこ》るだろう。そういう人だった。

「私も、立佳がやるべきことさえやっていれば……——と思わないでもない。だが、先生にお気遣いをいただいているからな。しかも、立佳は受験生だ」

「お義兄さん、僕は……」

受験生と言われるのには、さすがに抵抗《ていこう》がある。立佳は否定《ひてい》しようとするが、やはり隆一は譲らない。

「もうすぐ夏休みだ。夏休みいっぱい考えても、悪くないだろう。急いで答えを出さなくていい」

隆一は、ようやく立佳を振りかえる。

「私は、立佳にはよりたくさんの選択肢《せんたくし》がある道を選んでほしいと思っている。……それに、やりたいことがあって就職するわけではないだろう？」

穏《おだ》やかな隆一の言葉に、ぎくっとする。たしかに立佳は家を出たいだけで、就職はそのための手段《しゅだん》としか考えていなかった。

「どうして、そんなに就職したいんだ？」

「だって、僕はお義兄さんと血がつながっていないし。姉さんは死んじゃったし……。これ以上迷惑をかけたくないよ」

何度も主張してきたことを、立佳は重《かさ》ねて訴《うった》える。

「気兼《きが》ねはしなくていいと、何度も言っているだろう？　それとも、誰かになにか言われたのか」

そんな人間はいないはずだと、隆一の表情は言っている。たしかに、二人の生活に余計な口を出すような親戚はいなかった。

隆一は結婚したときに、すでに一人だった。当時はまだ、二十代半ばを過ぎたころだったから、彼が家族と死別《しべつ》したのもまた、世間的《せけんてき》には早いほうだっただろう。彼が大学を卒業したあとに、両親は相次いで亡くなったそうだ。親戚《しんせき》づきあいも、隆一はあまりしていない。

立佳たちのほうは、亡くなった両親ともに一人っ子だったから、伯父伯母《おじおば》という存在がそもそも存在しなかった。祖父母《そふぼ》もいない。家族の縁《えん》が、揃《そろ》って薄《うす》いのかもしれない。

両親が亡くなったのは、立佳が中学校一年生のときだ。隆一と玲が知りあったきっかけでもあった。

両親のことで、隆一は立佳や玲に負い目を持っているようだ。それもあって、隆一は立佳を放《ほお》りだせないのだろうが。

——でも、隆一さんが、これ以上僕たちのために尽《つ》くそうとする必要はないのに……。

立佳は、困ったように眉を顰《ひそ》める。

「でもさ……。隆一さんだって、そのうち再婚するよね？　まだ、一応三十歳前だし。僕がいたら、彼女を家にも呼べないよ」

「一応って……。たしかに、私は二十九になったが」

隆一は、苦笑《にがわら》いする。

「……再婚はしないよ」

「そんなの、まだわからないじゃん。今、三十代で結婚する人多いし」

「しない」

驚くほどきっぱりした口調で、隆一は言う。

「お義兄さん……？」

立佳は、目を見ひらく。

——そんなに、姉さんが好きなんだね……。

立佳は、俯《うつむ》きかげんになった。姉が安《やす》らいでいる場所にいるというのに、とても醜《みにく》い感情が、立佳の中で吹き荒れてしまう。

隆一は、今でも玲を愛している。そしてこの先も、彼女以外愛さないと誓《ちか》っているのだろう。

その彼の想いが、立佳には痛い。苦しい。

玲の弟として、喜ぶべきことなのに。

「だから立佳は、私の存在しない恋人のことなんて、考えなくていいんだ」

「……」

立佳は黙りこんだ。

今口を開くと、とんでもないことになりそうだ。絶対に、なにも言えない。『秘密』には、さらに重い蓋《ふた》をかぶせなくては。

本当は、隆一の傍《そば》にいるのが辛《つら》いから一人暮らしをしたいのだと言ったならば、彼はどんな顔をするのだろう?

けれども、そんなことは言えるはずがない。

——僕は、どうしたらいいんだろう……。

立佳は立ちすくむ。

二年経《た》ってもまだ美しい姉の墓標を見る立佳の目は、とても険《けわ》しいものになっていたかもしれない。

＊　＊　＊

「じゃあ、バイトは辞めたわけなんだ」

小杉《こすぎ》は目を丸くした。

「うん……」

三者面談の翌日。立佳は渋《しぶ》い表情で小杉にバイトのことを相談していた。

小杉はノートを団扇《うちわ》がわりにしながら話を聞いてくれた。

都立高校《とりつこうこう》とはいえ、最近はクーラーつきが多い。立佳の高校もそうだが、省《しょう》エネ温度では活発な高校生が寿司《すし》詰《づ》めになっている教室はなかなか冷《ひ》えなかった。これでも授業中はましなのだが、休憩時間《きゅうけいじかん》になったとたんに、体感温度は五度上昇する。生徒が、いっせいに動きまわるからだろう。

まして、今は昼休みだ。

「お義兄さんが、一緒になって謝《あやま》ってまわってくれたんだ。僕のせいでいろんな人に謝ってるお義兄さんを見ていたらさ、たまんない気分になった」

立佳は小さくため息をつく。

もう二度と、隆一に迷惑はかけられない。とはいえ、バイトは続けたい。立佳は、昨日から板ばさみだった。

「どーすんの、夏休みのバイト」

「絶対に見つからないところでしか、やれないよ」

自分で作った弁当を平《たい》らげ、立佳は両肘《りょうひじ》で頬杖《ほおづえ》をつく。

「これ以上、お義兄さんに迷惑かけるわけにはいかないし。万が一のこと考えると、やっぱり諦《あきら》めたほうがいいのかも……」

「しっかし、義理《ぎり》のおにーさんにとはいえ、そこまでやるかいね。すげーな」

「いい人なんだよ」

立佳は目を伏《ふ》せた。

責任感の強い人だ。血がつながっていないからこそ、立佳が本物の社会人になるまで、気を抜けないと思っているのだろう。立佳のバイトのことで、きっと隆一は自分を責めている。それを思うと、申しわけなくてしかたがなかった。

「家のことやらなくちゃいけないからって、近場《ちかば》でバイトした僕が馬鹿《ばか》だったたよ。進路のことも、強いこと言えなくなっちゃった。働きたいから進学しないってわけじゃないこと、すっかり見透《みす》かされてるみたいなんだ」

「へぇ……。なんかすごいな」

小杉は、感心したように唸《うな》る。

「なにが?」

立佳は首を傾《かし》げる。

「おまえのにーちゃん。本当の身内以上に、おまえのことをよく見てるんじゃないのか?」

「うん……」

少しだけ、立佳ははにかむような表情になってしまった。

隆一に迷惑をかけたのが心苦《こころぐる》しい反面、彼の思いやりを感じれば嬉《うれ》しくもある。愛する妻の弟への感情でしかないにしても。

「本当に、どうしようかな。夏休みのバイトも、進路も……。計画が、ものすごく狂《くる》っちゃったよ」

立佳は、深々《ふかぶか》とため息をついた。

「立佳もけっこー気にしぃだから、よけいに首しめてる感じだよな」

「あんなにお義兄さんに迷惑をかけておいて、気にしないでいることなんてできないよ」

「ま、夏休みまで一週間あるし、ゆっくり考えれば?」

小杉は、立佳の気持ちをなだめるように肩を叩《たた》いた。

「それよりも、バイトなくなったなら、今日はうちに遊びにこないか?」

「小杉の家?」

「そうそう。他にも声かけてるんだ。三者面談で半日になるの、今日までだろ。遊ぼうぜ。気晴《きば》らし気晴らし。俺は夜からバイトだけどさ」

「うん、そうだね」

立佳は小さく頷く。

「僕も、五時には帰るよ」

「早いな」

「お義兄さんに迷惑かけちゃったから、今日の夕食はちょっと気合い入れて作るんだ」

昨日の隆一の姿をまた思いだし、立佳の胸はずきっと痛んだ。一番迷惑をかけてはいけない人に、迷惑をかけてしまった。まだ心が苦しかった。

＊　＊　＊

小杉の家をきっちり五時に出て、買い物などをすませてから、六時半に立佳はマンションについた。

ところが、部屋に明かりがついている。

「お義兄さん……！」

立佳は、「ただいま」も忘れて目を丸くしてしまった。

「お帰り、立佳」

いつもと逆だ。彼に出迎《でむか》えられ、立佳はどきどきする。

「た、ただいま……。今日は早かったんだね。ごめん、すぐにごはん作るから」

「親子丼《おやこどん》を作るつもりで、下ごしらえはしかけていたんだが」

丼物《どんぶりもの》しか作れない隆一は、言いかけて、ふと口を噤《つぐ》んだ。

「どこに行っていたんだ、立佳？」

「え……？」

「煙草《たばこ》の匂《にお》いがする。……カサブランカの香りにも負けていないくらい」

「嘘《うそ》……っ」

立佳は、つい、自分の服の匂いを嗅《か》いでしまった。たしかに、ほのかに煙草の匂いがする。

「まさか、煙草を吸っているのか？」

フレームレスのレンズの向こう側で、隆一の怜悧《れいり》な瞳が細められてしまう。彼は怒っているというより、気遣《きづか》わしげな表情になった。

「ち、違うよ。本当だよ。今日行った友達の家に、煙草吸っている人がいたから」

「立佳の友達に、喫煙者《きつえんしゃ》がいるのか？」

「友達のお兄さんが……」

立佳の声は小さくなる。嘘はついていないが、隠《かく》していることはある。小杉の兄が喫煙者なのは本当だが、小杉や、集まったクラスメイトのうちの何人かも喫煙者だった。でも、それを口にしてしまったら、また隆一を心配させそうで気がひけた。

今日は小杉の家のリビングで、大学生である小杉の兄の秘蔵《ひぞう》の裏AV《アダルトビデオ》とやらを見た。立佳はあまりセックスへの興味はなくて、どちらかといえば生々《なまなま》しさのあまり見ているのが辛《つら》かった。それでも、少しだけ飲んだカクテルでほろ酔いかげんだったおかげか、なんとか最後まで観賞《かんしょう》することはできたのだった。

「友達のお兄さんも、一緒に？」

隆一は、どことなく問いただすような口調になる。

「うん……。遊びに行くと、ビデオとか見せてくれるから。もう、何度も会ったことがあるんだ。面白い人だよ」

「……そうか」

隆一は、さすがにそれ以上は突っこんでこなかった。気にはなるのだろうが、やはり遠《えん》慮《りょ》もあるらしい。

血はつながっていない姻戚《いんせき》という関係は、距離《きょり》のとり方が難しい。特に、立佳と隆一のように、すでに二人をつなぐ人が亡くなっている場合は、よけいに。

「バイトは社会勉強という考え方もできるが……。喫煙は、できればやめておいたほうがいい。特に、立佳はまだ成長期だ。身近に吸う人がいると、影響《えいきょう》されることもあると思うが」

「……うん」

隆一が心配してくれているのはわかるので、立佳は静かに頷く。

「立佳の友達づきあいに、とやかく言うつもりはないんだが」

隆一は、歯切《はぎ》れが悪かった。さすがに、過干渉《かかんしょう》だと思っているのだろう。

立佳は不快《ふかい》だとは思わなかった。心の底から、彼が立佳を心配してくれているのはわかるから。

けれども、その理由が立佳は妻の弟だから、隆一が保護者だからということが、立佳は哀《かな》しかった。

　夏休みまではあっという間だった。立佳《りっか》は結局《けっきょく》、バイトをどうするか決めあぐねたままだ。隆一《りゅういち》のいない昼間だけのバイトを……——と思う反面、迷惑をかけたくないと、足踏《あしぶ》みしてしまう。その繰《く》りかえしだ。このままでは、一人暮らしをするための資金も貯《た》められそうにない。

　予備校《よびこう》の夏期講習に通うことはかろうじて免除《めんじょ》してもらったものの、あいかわらず隆一は立佳に進学を勧《すす》めてくる。自分が大学を出ていることもあるのかもしれないが、彼にしては少し押しつけがましいほど強引《ごういん》だった。

　——受験勉強のふりして、公務員試験《こうむいんしけん》の勉強をしちゃおうかな……。

　手元に買ってきた問題集をぱらぱらめくりながら、立佳は考える。国家公務員のⅢ種はもう間に合わないが、地方公務員の初級ならぎりぎり試験の申しこみが間にあう時期だ。ただし、保護者である隆一が進学させたいと担任に話してしまっている以上、担任が内《ない》申書《しんしょ》の用意をしてくれるかどうかは謎《なぞ》だが。

　高卒者《こうそつしゃ》の採用《さいよう》は、民間では秋が本番《ほんばん》だ。最近は少しだけ採用状況が回復《かいふく》してきたとはいえ、まだ厳しい。特に、立佳のような公立高校の普通科《ふつうか》の生徒であればなおさら、学校推《がっこうすい》薦《せん》の枠《わく》が期待しにくいのが現状《げんじょう》だった。

——どうしよう。

きちんとした就職先を見つければ、隆一も態度《たいど》を軟化《なんか》してくれるかもしれないが、彼の意見をまったく無視してしまうのも心苦しい。

どちらにしても、一度は隆一とちゃんと話をしなくてはいけないのかもしれない。

夏休みに入って一日め。とはいえ、隆一につきあって、立佳は早起きだ。そのせいか、少し眠い。昨日隆一が買ってきたカサブランカの香りに包まれながら、立佳はリビングで頭を悩《なや》ませていた。

それにしても、隆一があれほど進学を主張するのは意外だ。最終的には、立佳の意思《いし》に任《まか》せてくれる気がしていたのだが……——ソファに背を深く預《あず》けて頭を悩ませていた立佳は、リビングのテーブルの上に載《の》っていた、書類《しょるい》に気づいた。封筒《ふうとう》の下のほうには、『樋《ひ》川弁護士事務所《かわべんごしじむしょ》』と入っている。隆一の勤《つと》め先だ。

——これ、お義兄《にい》さんのかな？

早朝に出勤《しゅっきん》していった隆一の、慌《あわ》ただしげなうしろ姿を思いだし、立佳は首を傾《かし》げた。

ここのところの隆一は、八時前には帰ってくるようになった。そのかわり、朝が今までより二時間ほど早くなった気がする。仕事の都合《つごう》だろうか。

彼が仕事関係の書類を出しっぱなしにして出ていくのは珍《めずら》しい。そういうことには、細かく気を遣う人なのだ。

もしかして、忘れものだろうか？　彼が忘れものだなんてさらに珍しいが、このところ、少し疲《つか》れた顔をしていた。忙しさのあまり疲れて、調子《ちょうし》を狂わせているのかもしれない。早く帰ってくるのはそのせいなのかもしれないと、立佳は思っていたほどだ。

――大事な書類だったら、今ごろ困っているよね。

立佳は電話して、隆一にたしかめてみる。すると、やはり今日の午後に必要な書類だったようだ。

隆一の勤め先には、一度だけ顔を出したことがある。場所はわかっているので、立佳が届けることにした。彼が仕事をしている姿を見ることができたら、ちょっと嬉《うれ》しいかもしれない。

＊　＊　＊

樋川弁護士事務所は裁判所《さいばんしょ》の近く、一等地《いっとうち》にある。ビル丸ごとが弁護士事務所になっており、抱《かか》えている弁護士の数もそこそこだ。法人専門《ほうじんせんもん》の事務所だが、医療訴訟《いりょうそしょう》の請《う》けおい数《すう》が日本一ということで知られていた。

隆一が転職したのも、刑事裁判《けいじさいばん》に及《およ》んだときに彼の検事《けんじ》としての経験を生《い》かしてほしいと、口説《くど》かれたからだという。彼は今、法人の刑事事件を専門に仕事をしている。

「ああ、来たのか」

受付で名前を名乗《なの》った立佳が待っていると、顔を出したのは一人の男だった。胸には向日葵《ひまわり》と天秤《てんびん》の金のバッジ。弁護士を表す誉《ほま》れの印章《いんしょう》だ。

「実承《みつぐ》先生、お久しぶりです」

立佳は、ぺこりと頭を下げた。

顔を出したこの弁護士の名は、樋川《ひかわ》実承。この弁護士事務所のオーナー弁護士の息子だった。司法研修所時代からの、隆一の友人だという。

彼は隆一に比べるとだいぶ押しが強く、気性《きしょう》の激しさが全面に出た雰囲気《ふんいき》がある。ぐっと人を惹《ひ》きつけるものをもっていて、とても華やかで、同性《どうせい》までも見惚《みほ》れてしまうタイプの男性だった。玲と同じ人種《じんしゅ》だ。

「今、隆一は来客中《らいきゃくちゅう》だ。よかったら、中に入って待っていてくれ。アイスクリームやジュースもあるから」

「いいんですか?」

立佳は首を傾げる。忘れものを届けに来ただけだ。仕事の邪魔《じゃま》をするつもりはないのだが。

「せっかく立佳くんが来てくれたのに、このまま帰したら、俺が隆一に叱《しか》られる」

樋川は笑いながら、立佳を応接間《おうせつま》に案内してくれた。おまけに、彼自身がジュースとアイスクリームを持ってやってくる。

「実承先生、お仕事いいんですか？」

応接間に通されたものの、立佳はなんとなくそわそわしてしまう。事務所内が、いつになく慌《あわ》ただしいからだ。

「息抜《いきぬ》きだ。ここのところ、フル稼働《かどう》なんだよ」

樋川は、目を細める。顎《あご》を撫《な》でる仕草《しぐさ》が、男っぽかった。

「立佳くんをもてなすという大義名分《たいぎめいぶん》で、俺はサボる」

自分でサボりと言っていたら、大義名分の意味もなくなってしまう。

立佳は、くすりと笑う。

隆一がマンションに人を呼ぶことは少ないのだが、樋川はその数が少ない中の一人だった。立佳も何度か会ったことがあるので、彼とは気安《きやす》くしゃべりやすい。

「お忙しい時期なんですか？」

「ああ、例年《れいねん》だとそうでもないんだが……。庶務《しょむ》の人が二人ばかり、急に仕事を休んでしまって、それで混乱《こんらん》はしているな」

アイスコーヒーを飲みながら、樋川は肩を竦《すく》めた。

「一人は切迫流産《せっぱくりゅうざん》でしばらく入院する羽目《はめ》になり、もう一人が旦那《だんな》が単身赴任先《たんしんふにんさき》で倒《たお》れたとかで、地球の裏側まで行っている。夏休みをとっている職員もいるから、小さいところでしわ寄せが……」

「小さいところで、ですか？」

「そう。俺たちの仕事の領分《りょうぶん》じゃなくて、もっと細かい……事務作業のほうだが。たとえば、今までコピーをとってくれていた人がいない。書類の清書《せいしょ》をしてくれていた人がいない。お茶を入れてくれた人がいない。書類をシュレッダーにかけてくれていた人がいない。電話をとってくれている人がいない。お使いに出てくれた人がいない……——小さいことだが、積《つ》み重《かさ》なると大きなダメージになるわけだ」

樋川はため息をつく。

「だから、義兄《あに》は疲れているんでしょうか？」

「隆一？　ああ、そうだな……。あいつは特に、今は早く帰りたいとかで、早朝出勤しているからな」

「仕事の都合じゃないんですか？」

立佳は、軽くまばたきをした。隆一は、自分の都合で仕事の予定を変える人ではないのだが。

「自発的《じはってき》にやっているみたいだぞ。おまけに、最近は、ろくに昼の休憩《きゅうけい》もとらない。切迫流産で倒れた庶務の女性は、もともとあいつの部屋づきだったからな。それもあるかもしれない。法律事務の女性は夏季休暇《かききゅうか》で、俺のところの事務が兼任《けんにん》しているし……。あいつの性格上、どうしても自分でいろんなことをこなそうとしてしまうんだろう」

樋川は眉を寄せている。隆一が心配みたいだ。

「早く帰るために……」

おうむがえしにして、立佳は気づく。

——もしかして、お義兄さんは俺のせいで無理をしてるのかな……？

夏休みに入る直前にバイトが見つかってしまったり、煙草の匂いをつけて帰ってきたりしたから、立佳の生活が荒《あ》れていると思われても、しかたがない。自分が忙しくて、保護者としての責任を果たせていないのだと、隆一なら気にするだろう。

夜に一人にしておくより、朝に一人にしておいたほうがいいという判断で、帰宅を早めるために前倒《まえだお》しで仕事をしているのかもしれない。

——どうしよう、まだ迷惑をかけていたんだ……！

立佳は飲んでいたグレープフルーツジュースを置いて、俯《うつむ》いてしまう。申しわけなくて、消え入りたくなる。

言葉にする人ではないのだが、あいかわらず隆一は立佳を大切にしてくれる。彼のその気遣いは嬉しいと同時に、優しさの重みで立佳を潰《つぶ》してしまいそうだった。もちろん、隆一は悪くない。悪いのは、立佳だけ。やましい想いを胸のうちに秘《ひ》めているから、苦しいのだ。

「どうかしたのか?」

立佳が黙りこんだせいか、樋川が心配そうに尋ねてきた。

「僕のせいで義兄に迷惑をかけているんだと思って、ちょっと……」

「立佳くんのせい?」

首を傾げる樋川に、立佳は深々と頭を下げてしまった。

「夏休みに入る前に、義兄にいっぱい心配させてしまいました。だから、義兄はなるべく家にいてくれようとしているんだと思います。ごめんなさい!」

「ああ、進路の件かな。あいつは、君が自分に気兼ねして、就職すると思っているようだ。実際は、どうなんだ?」

「……早く自立したいと思っています」

迷ったが、立佳は正直に答える。

進路の件に関しては、どれだけ考えても手詰《てづ》まりだった。大人である樋川だったら、いい知恵《ちえ》を貸してくれるかもしれない。そう、縋《すが》るような思いで打ち明けてしまった。

「でも、義兄は進学するように言ってくれて」

樋川はソファの肘《ひじ》かけに頬杖《ほおづえ》をついた。

「自立したい理由は?」

「……」

「言いたくない?」

「……ごめんなさい」

「俺にはそれでいいが、隆一の前でもその調子だと、説得《せっとく》は難しいだろう。あいつも妙《みょう》に頑固《がんこ》なところがあるから、簡単には譲らないはずだ。それが、君のためになると思っているかぎり」

「どうしても、一人暮らしをしたいんです」

立佳は言い募《つの》る。とにかく、樋川を味方《みかた》につけたかった。

「そのための資金を貯めたくて、夏の間だけバイトをするつもりだったんです。でも、うちは校則で禁止されていて、見つかっちゃって、学校に知られて……。義兄にも迷惑をかけてしまいました」

「隆一は、迷惑だと思っていないだろう」

「……でも、申しわけないです」

「なるほど。よくわからないが、君は思いつめているようだな。でも、就職をするならば、そろそろ動かないとまずいんじゃないのか?」

当事者《とうじしゃ》ではないぶん、樋川の態度は冷静だ。

立佳は、大きく頷いた。

「そうなんです。なんとか、義兄を説得できないでしょうか」

「俺が、話を聞いてみてもいいが。隆一が、どうして立佳くんの進学にこだわるのか」

「本当ですか！」

立佳は、ぱっと表情を輝《かがや》かせる。相談はしてみるものだ。隆一がどうして立佳に進学を勧《すす》めるのか、その理由がわかれば説得しやすくなる。

「ああ、そのかわり頼みがあるんだが」

ふと、樋川は口調をあらためた。

「なんですか？」

「さっきも言ったとおり、隆一は今、かなり手一杯《ていっぱい》な状態で仕事をしている。立佳くんは夏休みだろう？　少し、あいつを手伝ってやってもらえないか？」

「僕で役に立つなら……。でも、義兄がいやがるかもしれません」

「君のバイト自体に、あいつは反対なのか？」

「校則で禁止されているし、担任の先生にも一度叱《しか》られているから……。きっと義兄は僕のことを考えて、バイトはさせてくれないと思います。それに、受験勉強の邪魔になるし」

「なるほど。だがこの事務所の中で週に二、三回、あいつの書類の清書をしたり、コピーをとったり、シュレッダーに書類をかけたりするくらいならいいんじゃないか？　勉強の邪魔にもならないし、学校に届けたりする人間もいないだろう」

「僕は、義兄が大変なら手伝いたいです」

立佳は、小声で言う。隆一の役に立てて、バイトができるなら、一石二鳥《いっせきにちょう》の気がした。

――でも、お義兄さんが反対したら、僕はできないよ……。

立佳の不安を読み取ったのか、樋川はあらためて提案《ていあん》してくる。

「よし、わかった。じゃあ、隆一が納得《なっとく》したら、手伝ってくれるか？　俺から話してみるから」

「はい。……ありがとうございます。実承先生がそうしてくださるなら、嬉しいです」

立佳は、ぺこりと頭を下げる。

「正直、手伝いに来てくれると助かるんだ。地味《じみ》だが、大切な仕事だから」

樋川は、ため息をついた。

「そろそろ、隆一も来るだろうから――」

ちょうどそのとき、ドアがノックされた。

「立佳がバイト？　駄目《だめ》だ」

まずはバイトの話から樋川が切りだすと、あっさりと隆一は却下《きやっか》した。

「立佳は受験生だ。おまけに、校則でバイトは禁止されている。この間も、担任の先生に釘《くぎ》を刺《さ》されたばかりだ。初犯《しょはん》だから停学《ていがく》にはならなくてすんだが……」

隆一の態度は、立佳の想像どおりだった。

「保護者のもとなら、いいだろう？　しかも、受験勉強に負担《ふたん》にならないていどだ」

「よくない」

「社会勉強になるじゃないか。立佳くんが就職を望んでいるなら、それも大事な勉強だ」

樋川の言葉に、隆一は細い眉を寄せた。

「立佳……。実承にまで、その話をしたのか？」

「うん……。相談に乗ってもらっちゃった」

隆一にじっと見つめられて、立佳は俯きかげんになる。隆一にはまともに話をしていないのに、樋川にはしてしまった。それが後ろめたい。隆一は、いつだって立佳のことを考えていてくれるのに。

「特にやりたいことはないのだろう？　私だって、立佳に目的があれば就職に反対はしない。ニュートラルな状態なら、選択の幅を広く持つ道を選んでほしいだけだ」

隆一は、ため息をつく。

「じゃあ、目的があったら？」

厳しい表情をしたままの隆一を、樋川は見据《みす》える。

「もっとも、立佳くんの目的は就職の先にあるようだが」

「……どういうことだ？」

いぶかしげに隆一は首を傾げる。

「あ、樋川さん、それは」

立佳は、さすがに慌てた。一人暮らしの話は、まだ隆一にしていないのだ。

「いや、おまえの義弟《おとうと》はしっかりものだっていう話だ」

樋川は、さっと話をはぐらかしてくれた。

「とりあえず、おまえは今晩、俺と飲みに行くんだな」

「勝手を言うな。私は、早く家に帰りたいんだ」

隆一は、樋川をねめつける。

「ガス抜きしてやる。普段つきあいが悪いんだから、たまにはつきあえ」

「それは困る」

「立佳くんだって、一人になりたいこともあるだろう。夜遊びもできないじゃないか」

「立佳はまだ未成年だ。夜遊びなんかしなくていい」

「だが、せっかくの夏休みなのに、家に閉じこもってばかりというのは可哀想《かわいそう》だろう？

立佳くんの性格を考えてみろ。おまえが早く帰れば帰るほど、その時間には夕飯ができているようにするだろうな。そうすると、それだけ友達と遊ぶ時間もなくなる」

樋川の指摘《してき》に、隆一ははっとしたような表情を見せる。

「……立佳。そんなに私に気を遣わなくても……」

隆一こそ気遣わしげだが、樋川はそんな彼の言葉を遮《さえぎ》ってしまう。

「気を遣わなくてもいいといっても、気を遣ってしまうのが立佳くんの可愛いところじゃないのか？」

樋川は、笑みを含んだ眼差《まなざ》しになった。

「とにかく、おまえは今晩、俺につきあうんだ。いいな？」

押しの強い人だけあって、樋川の態度は強引《ごういん》だ。けれども、隆一はそれ以上なにも言わなかった。立佳の前だからかもしれない。

立佳に向かって、隆一は「書類をありがとう」とだけ言う。

「……お義兄さん。僕、お義兄さんの手伝いができるなら、したいな」

控《ひか》えめに立佳が告げると、隆一は眼鏡の奥の瞳を柔《やわ》らかに細めた。彼は怒っているわけではないようだ。そのことに、立佳はほっとした。

しかし隆一は、バイトを許すとは言わない。

やはり、立佳には受験勉強に専念《せんねん》してほしいのだろう。

——お願い、お義兄さん。わかって。僕、お義兄さんの役に立ちたいんだ。

らしくもなく忘れものをしたりするほど、隆一は疲れている。気苦労《きぐろう》の理由の一つは、まず間違いなく立佳なのだ。できるだけ、彼の疲れをほぐしたい。安心してほしい。そして、彼を手伝えるのであれば、こんなに嬉しいことはなかった。

ACT　4

事務所でのバイトの件は棚上《たなあ》げの状態で、立佳《りっか》は家に帰った。

隆一《りゅういち》は、今晩は外で食事になる。ひとり分の夕飯しか用意しないのは、本当に久しぶりのことだった。

誰かのために作るわけではないと、とたんに面倒《めんどう》になってくる。立佳はレトルトのパスタで食事をすませてしまい、空《あ》いた時間は掃除《そうじ》に使った。

それでも、一人の夜は手持ちぶさただ。

――お義兄《にい》さんは、いつ帰ってくるんだろう……。

立佳は、ぼんやりと考えた。顔を合わせたところで上手《うま》く話ができるわけでもないのに、とても彼が恋《こい》しくなってしまう。

樋川《ひかわ》は、どんなふうに隆一を説得《せっとく》するつもりなのだろうか。立佳には見当《けんとう》もつかない。できれば、立佳を心配する隆一の気持ちが無《む》にされない方向で話をつけてくれると嬉《うれ》しいのだが。

とうとう一人暮らしをすることになるのかもしれないと思うと、複雑《ふくざつ》な想いが胸をよぎる。

――僕は身勝手《みがって》だな。

離《はな》れるとなると、身を切られるように辛《つら》い。本当は、ずっと隆一の傍《そば》にいたいのだ。けれども、立佳の想いは抑《おさ》えられない。だから、離れるしかないが……――一人になると、つい考えこんでしまう。

立佳はリビングのテレビをつけたものの、ほとんど画面に視線《しせん》をやらずに、ぼんやりしていた。

――とにかく、就職を認めてもらわないと。

このまま進学させてもらうと、さすがに一人暮らしするとは言いづらい。かといって、このまま隆一の傍にいることはできない。

恋しい気持ちが募《つの》りすぎて、今にも溢《あふ》れてしまいそうだ。

――こんなの、いけないのに。

立佳は、くちびるを噛《か》みしめる。

立佳の『秘密』であり罪は、義理《ぎり》の兄に恋してしまったことだ。

恋愛というのは、とても嬉しくて、楽しいものだと思っていた。けれども、現実は違う。許されない想いが、この世にはあるのだ。

同性というだけでも難しいのに、よりにもよって自分の姉である人を愛している男性に恋をしてしまうなんて。

――傍にいすぎたのが、いけなかったのかな。

立佳は、サイドボードに飾《かざ》られた玲《れい》の写真に視線を移す。

結婚して、三人で一緒に暮らすようになったあとも、玲は社交的《しゃこうてき》なままだった。自然と、立佳と隆一が一緒に過ごす時間が増えてしまう。

そして立佳は、誠実で優しい人に恋をした。

気持ちを自覚したのは、玲の亡くなったあの夜だった。最低だ。姉が亡くなった報《しら》せの電話がかかってくる直前が、もっとも隆一を意識した瞬間だったのだ。

だから、立佳の恋は罪悪感《ざいあくかん》にまみれている。

――姉さん、ごめんなさい。

玲の写真の傍《かたわ》らには、カサブランカが飾られている。亡くなったあとまでも隆一に愛されている彼女が羨《うらや》ましい。

しかし、燃え上がる嫉妬《しっと》の炎は弱いものだった。

玲は、とても魅力的《みりょくてき》な人だった。隆一が彼女を愛するのは、当たりまえなのだ。立佳が嫉妬なんかできるような人ではないのだ。

それでも、隆一への想いは消えない。どこにも行き場はなく、立佳の中で渦巻《うずま》くだけだとしても。

八方塞《はっぽうふさ》がりのこの状況《じょうきょう》を、樋川は助けてくれるだろうか？　そうであってくれればいいと、立佳は願う。もう、祈《いの》ることしかできない。

立佳の願いはただ一つ。隆一の気持ちを傷つけることなく、彼と静かに離れていくことだから。

マンションの部屋いっぱいに広がるカサブランカの匂《にお》いのせいで、胸が詰《つ》まるような気持ちになる。息苦しくて、辛い。どうにかなってしまいそうだ。

——そういえば、花の水を換《か》えてなかったな。

カサブランカを眺《なが》めているうちに、立佳はふと気づく。いつもの生活リズムとずれているせいで、なんだかぼんやりしているみたいだ。

リビングと玄関、それから隆一の書斎《しょさい》の花瓶《かびん》。その三箇所には、いつも花が活《い》けられていた。

しおれた花や葉を取りのぞき、水を換え、もう一度活けなおす。リビングから回って、最後は書斎へ。

スポーツができないわけではないようだが、隆一は読書を好む物静かな面があった。少し物憂《ものう》げな風情《ふぜい》で本を読む彼の横顔はとても理知的《りちてき》で、立佳はよく見惚《みほ》れている。

長椅子《ながいす》の傍らの小さなテーブルに、隆一は花瓶を置いていた。

この書斎は、隆一のプライベート空間だ。彼はそこにも、玲の名残《なごり》を飾るのだ。彼女への消えない想いの証《あかし》のように。

——姉さんのことを、本当に愛していたんだね。

立佳は、伏《ふ》し目がちになる。

——今でも、愛しているんだね……。

その事実を確認するたびに、立佳の心は打ちのめされた。それでもなお、消えない恋の炎。この執着《しゅうちゃく》は、立佳自身が怖くなるほどだ。

だからこそ、隆一と離れることを考えはじめたのだが。

長椅子の上にきちんと折りたたまれていたブランケットをどけて、立佳は椅子に座る。羅紗布《らしゃぬの》が張《は》られていて、座り心地《ごこち》がいい。

隆一は、ここでよく考えごとをしていた。彼の行動をなぞることで、少しでも彼の心に寄り添《そ》えるだろうか？

立佳は膝《ひざ》の上にブランケットを置いて、ぼんやりとカサブランカに見入《みい》る。

玲と立佳が隆一と知りあったのは、立佳の両親が亡くなった事故がきっかけだ。

宅配便《たくはいびん》トラックの無謀運転《むぼううんてん》による事故に巻きこまれ、立佳の両親は逝《い》った。あの交通事故をなんとか刑事事件として立件《りっけん》しようと動いてくれたのが、当時まだ新任《しんにん》の検察官《けんさつかん》だった隆一だ。

けれども、当時はまだ、ドライバーの過失《かしつ》による交通事故の刑の軽さが問題視されていない時代だった。隆一の努力も空《むな》しく、立佳たちの両親を死に追いやった運転手は、不起《ふき》訴《そ》に終わってしまった。

両親が亡くなったことは、とても哀《かな》しい。本当は、人二人の命を奪っただけの償《つぐな》いを、運転手にしてほしかった。だが、それが叶《かな》わなかったからといって、立佳も玲も隆一を恨《うら》むつもりはなかった。彼は精一杯《せいいっぱい》やってくれたから。けれども、まだ若かった隆一は、とても気に病《や》んでいたようだ。不起訴に終わったという報告をしに来てくれた彼は、両親の遺影《いえい》の前で、何度も何度も両親や立佳たちに謝《あやま》ってくれた。

なんて誠実な人なんだろうと、まだ中学生だった立佳は感動した。そして、その若い検事が、とても好きになった。

同性の立佳でさえ隆一に惹《ひ》かれたのだから、異性《いせい》の玲はなおさらだろう。好意《こうい》が恋に変わったのは早かったようで、玲はプライベートで隆一にアプローチしはじめた。

結婚が決まったのは、両親が亡くなって二年後。それをきっかけに、玲はモデルを引退《いんたい》した。

華《はな》やかで、いつも人の中心にいた玲と、誠実で穏《おだ》やかな隆一は、性格的にはだいぶ違う。生活パターンもずれていて、すれ違いの新婚生活だった。

けれども、どちらかといえば玲のほうが隆一に積極的だったように思う。

そして、隆一も奔放《ほんぽう》な玲を愛していたのだ。

立佳は長椅子に横になり、椅子の背に鼻筋《はなすじ》を押しつけた。

書斎はこぢんまりとしているせいか、カサブランカの匂いが濃厚《のうこう》だった。この部屋で眠ってしまったら、玲の夢を見る気がする。そのために隆一は、この部屋に花瓶を置いているのかもしれない……——胸が痺《しび》れるように痛む。

玲を愛している隆一に、彼女の弟として感謝は尽きない。それと同時に、隆一に恋している人間として、叶わない想いを噛《か》みしめる。

立佳の恋には、なにも期待できない。

——いつか僕は、お義兄さん以外の誰かを好きになるのかな。

立佳は長椅子に横たわると、ブランケットを抱きしめた。

隆一の匂いがするせいか、なんだか心地いい。

——想像できないよ……。

心の中が、こんなにも隆一一色《いっしょく》に染《そ》まっている。他の誰かが、立佳の心の中に入りこんでくる可能性なんて、立佳にはとても考えられない。

恋をしたら、両想いになることを求めてもいいのだと、かつての立佳は単純《たんじゅん》に思っていた。けれども、隆一を想うことで、それは間違いなのだということを立佳は知った。

立佳は、隆一にはなにも求めない。

けれども、彼を嫌いになるなんてことはできない。

ただひたすら、彼を想う。そして、彼への想いを抑《おさ》えつづける。

静かに彼の傍《そば》で暮らし、彼のためになることで喜びを感じることができればよかったのに……――立佳は欲張《よくば》りだ。それ以上のものを、願ってしまいそうになる。隆一に愛してほしいと、つい思ってしまう。

――ごめんなさい、お義兄さん。

立佳の心の中は、こんなにもどろどろしている。本当は、隆一に優しく気遣《きづか》ってもらえる資格なんてないのだ。

自分ですらもてあます、この罪深い想い。なにも知らない隆一に対して、後ろめたくてしかたがなかった。

＊　＊　＊

くちびるに、焼けつくような苦味《にがみ》を感じる。覚えのある味。まだ玲が生きていたころ、隆一が飲んでいたのを、横から少しだけ飲ませてもらった……――洋酒《ようしゅ》の味だ。

そして、頬《ほお》に触れる冷たい感触。これは、玲の亡くなったあの日と同じ、隆一の眼鏡《めがね》のレンズだ。

立佳は、驚いて目を見ひらく。視界いっぱいに広がったのは、カサブランカの花束《はなたば》を抱《だ》きかかえた隆一だった。

「お義兄さん……」

立佳はうろたえて、視線をさまよわせる。

今、隆一は立佳になにをしていたんだろうか。

――くちびるに……、なにか触《ふ》れた？

絶対にありえないことを、立佳はつい考えてしまう。ものすごく都合《つごう》のいい思いこみだ。

立佳は、どうにかしている。

「起きたのか……」

隆一は、呆然《ぼうぜん》と呟《つぶや》いた。

立佳は息もできず、ただ隆一の顔を見上げた。

――キスしたの……？

言葉にして、問いかけることはできなかった。

信じられない、隆一がキスしてくれるなんて。

まるで夢でも見ているみたいだ。

「すまない。あまりにも玲に似ていて、それで」

彼はふと横を向き、口早《くちばや》になる。

舞い上がった気持ちは、一気にしぼんだ。でも、これが現実なのだ。胸に突き刺さった棘《とげ》がぐらぐら揺《ゆ》れて、揺れたぶんだけ立佳の心を痛めつけた。

——お義兄さんは、酔《よ》っているんだね。

立佳は、泣き笑いの表情になった。

玲に似ていたから、隆一は立佳に口づけたのだ。決して、立佳にキスしたかったわけじゃない。

——姉さんがいなくて、寂《さび》しいんだね……。

なんだか、目の奥が熱い。

こんなにも、隆一は思いつめているのだ。立佳は、彼のためになにかできないのだろうか。目を閉じればほんの少しだけ玲に似てる、立佳に……——立佳は、そっと隆一に尋《たず》ねた。

「……僕は、目を閉じると姉さんに似てる？」

キスしたのかと念を押すかわりに、立佳は言う。

「ああ」

隆一は、小さく頷《うなず》いた。

「そうなんだ……」

立佳は、ふたたび目を閉じる。胸がつんと痛くなり、かきむしりたいような想いが広がっていくが、なんとか抑えこんだ。

「立佳」

隆一の声が、ごく近くで聞える。そして、濃厚なカサブランカの香り。彼はどうやら、立佳へと顔を近づけてきているようだ。吐息《といき》が頬にかかる。

「一人暮らしをしたくて、就職しようとしているのか？」

「実承《みつぐ》先生に、聞いたんだね」

「ああ……」

隆一は、苦しげにため息をつく。立佳のまつげが揺れてしまうほどの、近くで。

「私と一緒に暮らすのは嫌か？　……もう二度と、おまえに不用意《ふようい》に触れたりしないが」

立佳にとっては嬉しい口づけも、隆一にとっては過《あやま》ちでしかない。厳しい現実を、立佳はじっくり噛みしめた。

けれども、なるべく隆一の気持ちを軽くするように、口元にほのかな笑みを浮かべる。

「そういうわけじゃないよ。お義兄さんは、よくしてくれていると思う。……でも、僕にはお義兄さんの世話になる理由なんてないから、出ていこうと思って」

「私たちは、義理の兄弟だ。年長者《ねんちょうしゃ》として、私はおまえを保護する義務《ぎむ》がある。それに私は、立佳を本当の弟だと思っているんだが」

「でも、もう姉さんはいないじゃん。だから、僕たちはもう兄弟じゃないいんだよ」

立佳は、ひそやかにため息をついた。

このカサブランカの匂いに包まれていつまでも生活するあなたとは、これ以上一緒にいられない……——そんな本音《ほんね》は、絶対に言えない。

けれども、この機会を逃《のが》したら、一人暮らしをしたいという主張《しゅちょう》をすることもできなくなる気がした。

なんとかして、隆一を納得《なっとく》させなくてはいけない。

嘘《うそ》をつくのが苦手《にがて》な立佳が選んだのは、一番の『秘密』を隠《かく》して、本当のことを打ち明けることだった。

「お義兄さんの世話になる理由はもうないし、僕にはお義兄さんと一緒にいてはいけない理由があるんだ」

「理由……？」

隆一は、切れ長の目を眇《すが》めた。

「一緒にいると、僕はこの先、お義兄さんに迷惑をかけてしまいそうだから」

立佳は苦しげに呟いた。

「立佳を迷惑だと思ったことなんて、一度もない」

「これから、絶対に思うよ」

「どういう意味だ？」

隆一は、本格的に立佳に覆《おお》いかぶさってきたようだ。そんなふうに近づかれたら、困る。心臓がどきどきしすぎて、破裂《はれつ》しそうだ。

立佳の頭のすぐ傍に隆一の肘《ひじ》が置かれ、カサブランカの花が降ってきた。

濃厚な香りに酔《よ》わされて、立佳は禁忌《きんき》を口にした。

「……僕、男の人が好きなんだ」

立佳は、ぽつりと呟く。

隆一が息を呑《の》む気配《けはい》がした。

「それは……。たしかに驚きだが、私の迷惑にはならないよ」

彼はつとめて、冷静さを保《たも》とうとしているようだ。声は多少乱れはしたものの、穏やかな口調だった。

「なるよ」

カサブランカの匂いで肺《はい》をいっぱいにして、立佳は呻《うめ》く。

「だって、我慢《がまん》できなくなってるんだ。その人のことを想うだけで胸がいっぱいになって、苦しくて……。好きっていう気持ちが溢《あふ》れだしそうになる。いつか暴走しそうで怖いんだ」

相手の名前は言えないが、立佳にとっては偽《いつわ》らざる本音だ。隆一の胸に、訴《うった》えかけるだけの力があっただろう。隆一の動揺《どうよう》が、立佳にもかすかに伝わってきた。

「実際に、好きな相手がいるのか」

隆一の声が、一段と低くなる。

——軽蔑《けいべつ》されちゃったかな。

隆一の口調から怒りを感じ取り、立佳は哀しげに眉を寄せた。できれば、嫌われたくはなかった。けれども、もうそんなことは言っていられない。

隆一への気持ちが暴走して、彼に迷惑をかけるよりは、嫌われたほうがましだ。

「いるよ。でも、絶対に好きになっちゃいけない人なんだ」

立佳は軽く身じろぎして、目を見ひらく。今にもくちびるが触れそうな位置に、隆一の顔があった。

彼はじっと、立佳を見下ろしている。

「迷惑でしょう？　義理《ぎり》の弟が男の人を好きになっちゃうなんて。しかも、なにするかわからないくらい、思いつめているなんてさ。僕、たぶん女の人に興味がもてないんだよ。だって、えっちなビデオ見たって、なにも感じない……」

手を伸ばせば、今にも隆一に届きそうだ。

けれども、決して触れてはいけない。

——……このまま、ずっと傍にはいられない。

立佳は、自分に覚悟をせまる。

別れは、立佳がこの想いに気づいてしまったときから決まっていたのだ。あの罪深い夜から。

「だから、今のうちにお義兄さんと離れちゃいたい」

立佳をなだめるかのように、隆一は優しげな眼差《まなざ》しになる。

「私も詳《くわ》しくないが、思春期《ししゅんき》にそういう感情はありがちだそうだ。だから、立佳。そんなことを言わないで……」

「駄目だよ。本当に、どうしようもなく好きなんだから」

思春期の気の迷《まよ》いなんかで、この気持ちを片づけられたくない。立佳は強い眼差しになる。

「お義兄さんが、姉さんを好きなみたいに」

「立佳……」

隆一の声が上擦《うわず》る。

彼は動揺してしまったらしい。立佳の本気が伝わったのだろう。

「傍にいるとどきどきして、胸が苦しくなって、触れたくてどうしようもなくなるんだ。でも、絶対に触れられないから……」

立佳は、隆一へと手を伸ばす。けれども、その頬に触れる寸前《すんぜん》で指を止めた。

爪の先まで震《ふる》えてしまう。もどかしいこの距離を保とうと、隆一はしているのだ。それがどれだけ残酷《ざんこく》なことか、知らないままで。

——触れられないのは、あなただ。

立佳は指先を握りこんだ。

そして、元のように座椅子《ざいす》の上に放りだす。

「その人じゃなくてもいい。いてもたってもいられなくて、誰かに触れてほしいって思うこともあるよ」

ただ好きというだけで満足できる年齢を、立佳は通りすぎてしまっていた。温《ぬく》もりを感じれば、求めたくなる。体が、暴走してしまう。

ほんの近くに、隆一の体がある。けれども、抱きつくこともできない。このもどかしさと痛みに耐《た》えられなくなったら、立佳は他の誰かとつながることで慰《なぐさ》めを見出《みいだ》すようになるのだろうか？　寂しさを温もりが埋めてくれるということを、立佳は伝聞の形とはいえ知っている。小杉《こすぎ》や、他何人かの早熟な友人たちはすでに、その経験があるという。

「早まってはいけない。本当に好きな相手がいるなら、たやすく他人と肌《はだ》を重《かさ》ねるものじゃない。後悔《こうかい》することになる。たとえ相手が同性だろうと、それは同じだ」

こんなときまで、隆一は生真面目だ。穏《おだ》やかに立佳を諭《さと》そうとする。同性にしか惹《ひ》かれない義弟なんて、さっさと捨ててくれればいいのに。

立佳は小さく頭を振る。

「お義兄さんだって、姉さんに似てるから僕にキスしたじゃない。そういうのが、慰めになることだってあるんでしょう?」

「それは……っ」

隆一は、低い声で呟く。

「……後悔しているよ」

その言葉は、立佳を打ちのめした。

「後悔……」

とても胸に痛く、舌に苦い言葉だ。

けれども、隆一に触れられたくちびるは熱い。隆一の感触が、まだ残っている。

薄いが、意外に温《あたた》かなくちびる。もっと触れてほしくなる。もっともっと、深いところまで。

——望んじゃ駄目?

立佳の胸のうちに、ふいにほの暗い想いが湧《わ》き上がる。

玲の代わりになるという発想は、今まで立佳の中にはまったくなかった。彼女はとても華やかで、立佳とはあまりにも違うから。

けれども、隆一は立佳にキスをしてくれたのだ。たとえ、玲の身代《みが》わりだとしても。

——姉さんにしていたみたいに、隆一さんが僕に触れてくれたら。

その思いつきは、甘美《かんび》すぎた。あらがえないほどの、強烈《きょうれつ》な誘惑《ゆうわく》だ。

立佳は、ふたたび目を閉じた。

華やかな姉に、少しでも近づくために。

「こうしているほうが、姉さんに似ているんだよね」

「そうだな」

隆一の声は掠《かす》れている。彼は、すっかりうろたえているようだ。

――僕は卑怯《ひきょう》だ。

立佳は、自分自身に打ちのめされる。今、立佳は人の心の弱い部分に付《つ》け入《い》ろうとしているのだ。こんなの、いけないのに。

「……僕を姉さんの代わりにして」

立佳の喉《のど》も、からからだ。息が詰まりそうになるし、舌がもつれてしまう。

けれども、これが最後のチャンスかもしれないのだ。

「そうしたら、僕もお義兄さんをあの人だと思うから」

思いつきを装《よそお》うことにしたが、もしかしたら悲壮感《ひそうかん》が漂《ただよ》っていたかもしれない。

だって、ずっと好きだった人だ。どんな形であれ、触れてもらえたら嬉しくてたまらないのだ。うまくやれば望みが叶うとなれば、どうしても必死《ひっし》になってしまう。

「僕も寂しいけれども、お義兄さんも寂しいんだよね？」

隆一を待ち望むかのように、立佳のくちびるは綻《ほころ》ぶ。もう一度、触れられたい。もっと深く、激しく。

「立佳！　何を言いだすんだ」

さすがに、隆一の声は乱れる。ふだん滅多《めった》に声の調子《ちょうし》が変わらない人だから、その狼狽《ろうばい》ぶりが伝わってきた。

「……君には、好きな人がいるんだろう？」

「うん。でも絶対に想いが叶わない人なんだ。結婚していて、奥さんのことが大好きで、優しいおにいさん……」

言葉に詰まる立佳の口元は、泣き笑いの形になったのかもしれない。

『おにいさん』と呟いた瞬間、隆一は大きく目を見ひらいた。彼の冴えざえとした黒い瞳は立佳を見下ろし、複雑に揺れた。

「お義兄さんが触れてくれたら、僕は好きな人に抱かれている気持ちになれると思う。だから、お義兄さんも、僕を見て姉さんのことを考えて。姉さんにしたみたいに、して」

でも、嘘は言っていない。大好きな隆一のことだけを考えながら、身を任《まか》せる。彼に抱かれたら、どれだけ幸せだろうか。

たとえ、刹那《せつな》の幸福でも。

「……そんなに、その男が好きなのか？」

隆一の声の調子は、苦々《にがにが》しいものになった。

「好きだよ」

拙《つたな》い誘いを繰りかえしていた声は、その瞬間だけ揺《ゆ》るぎないものになる。

この想いだけは、嘘《うそ》いつわりがない。立佳の中で、一番純粋《じゅんすい》な感情だ……──ひそやかな『秘密』。

どんな嘘も隠しごとも、みんなこのためだけのもの。

「『おにいさん』、か。君の好きな相手は、私に似ているのか？」

隆一の声が、近くなる。彼は背を屈《かが》め、立佳の顔を覗《のぞ》きこんでいるようだ。

「大人の人だから」

立佳は、くちびるだけ小さく動かす。

「いつかの、煙草《たばこ》を吸う人が相手なのか？　友達の『おにいさん』で……。近すぎて、告白できないのか？」

その隆一の言葉は、思いがけないものだった。でも、立佳は否定《ひてい》しない。黙りこむだけにしておいた。本当のことは言えないのだから、誤解されたままで、構わない。

息のかかる位置に、隆一がいる。あと少し、もう少し、なにかがあればこの距離はもっと縮《ちぢ》まるのだ。

──お願い、僕に触れて……！

浅《あさ》ましく醜《みにく》く、卑怯《ひきょう》な、けれども純粋な想いで立佳の胸はいっぱいになる。大好きな人に触れられたい。もう、そのことしか考えられない。

この機会に叶えられなければ、永遠にその至福《しふく》を味わうことはできないだろう。

けれども、いったいどうすれば……――立佳は目をつぶったまま、懸命《けんめい》に考えめぐらす。

大人の男をその気にさせる手管《てくだ》を、立佳は知らない。そんな知恵《ちえ》は回らない。ただ、必死に彼を求めるだけだ。

いつのまにか、立佳は腹部《ふくぶ》の上で、手を握《にぎ》りあわせていた。

まるで、祈るように。

ふいに、隆一が動く気配がする。そして、立佳の耳元に彼の体温が近づいてきた。聞き取れないほどの小声で、隆一がなにか囁《ささや》く。

「なんて言ったの?」と問いかえすことはできなかった。

洋酒の味のキスが、立佳のくちびるを塞《ふさ》いだ。


「……っ、う………ん……」

舌を刺《さ》す味のキスは、長く続く。息苦《いきぐる》しさに立佳は何度か胸を喘《あえ》がせたが、隆一のくちびるはなかなか離れていこうとしなかった。濃厚な口づけだ。彼の舌が、立佳の口腔《こうこう》を舐《ねぶ》りまわし、味わいつくす。

いつかの夜のように、頬には彼の眼鏡の冷たい感触があった。熱いキスに溺《おぼ》れることができないよう、戒《いまし》めているかのようなその冷たさ。立佳は、小さく身震《みぶる》いする。

隆一は、執拗《しつよう》に舌を味わった。強く吸《す》われ、立佳は何度か咽《む》せる。隆一のキスは情熱的だ。穏和《おんわ》な彼からは、想像もできないほど。

ようやく舌が離れていったとき、唾液《だえき》が透明《とうめい》の糸を引いてしまった。

「…ん…ふぅ………」

立佳は、大きく息をつく。そのとたん、思いっきりカサブランカの香りを吸いこんだ。

息苦しさと、胸の詰まるような想いで、立佳は涙をこぼす。頬や目元を、隆一の長い指が拭《ぬぐ》ってくれた。こんなときまで、彼は優しい。

「立佳……」

隆一は、小声で立佳を呼ぶ。それに続いて、かちゃりと小さな音がした。眼鏡を外したのかもしれない。

ふたたびくちびるを重ねられたが、あのレンズの冷たさは感じなかった。

抵抗する気はなかった。立佳、と名前を呼んでくれた。それだけで十分。たとえ、隆一の頭の中では、立佳は玲でしかなかったとしても。

「………っ、……お…に……い……さん……」

立佳は途切《とぎ》れとぎれに隆一を呼ぶ。

自分は玲ではないのだという、ささやかな主張。身代わりでいいから抱かれたいと願ったはずなのに、身代わりのままではやはり哀《かな》しい。もう無茶苦茶《むちゃくちゃ》だ。なにが自分の望みなのかもわからなくなるほど、乱れている。

心は不安定で、少しの弾《はず》みでどちらにも振《ふ》れてしまう。だからこそ、もどかしい。息が詰まるほど、胸が苦しかった。

「……ん……う……」

口づけながら、隆一は立佳のシャツの裾《すそ》をめくりあげ、素肌《すはだ》に手のひらを這《は》わせはじめる。

下から手を入れられ、胸元《むなもと》に触れられた。胸のとがりを愛撫され、これから自分は女のように抱かれるのだということを意識《いしき》する。

さすがに立佳はうろたえ、震えた。

「お義兄さん、そこは……っ」

「……私の名前を、知っているだろう?」

隆一は囁《ささや》く。

「今は、義兄とは呼ばれたくない」

彼の手のひらの動きは止まることはなく、立佳のなだらかな胸元を摩《さす》っていた。そこは

女性のようなふくらみのない場所だ。けれども、小さく色づいた粒《つぶ》は、触れられるときゅっと縮《ちぢ》こまり、硬《かた》くなった。

「……りゅう……いち……さん………」

消《き》え入《い》りそうな声で、立佳は隆一の名を呼ぶ。

かつて、玲がそうやって隆一を呼んでいた。

胸が痛む。

この瞬間、隆一は義兄ではなくなったのだ。彼を名前で呼べる幸福《しあわせ》。けれどもそれは、玲と同じ呼び方を強《し》いる隆一への絶望《ぜつぼう》とうらはらな感情だ。あくまでも立佳は玲の身代わりなのだと、あらためて突きつけられた気がした。

「それでいい」

隆一は笑ったようだ。空気が小さく漣《さざなみ》を立てる。

彼は満足したのだろうか？　彼を慰めることができることを、喜びだと思おう。玲の身代わりでいいと言いだしたのは、立佳のほうだ……——立佳は、切《せつ》なくて苦しくなる胸を懸命《けんめい》に宥《なだ》めようとした。

長椅子が、小さく軋《きし》んだ。立佳の上に、隆一が本格的に覆《おお》いかぶさってきたのかもしれない。

立佳はカサブランカの花と隆一の体に強く挟《はさ》まれてしまう。官能的な花の香りに包まれたせいか、目眩《めまい》がした。

かたくなに目を閉じたままの立佳の顔中に、隆一は口づけを降らせる。とても丁寧《ていねい》で優しい口づけだ。

愛されているのだと、錯覚《さっかく》してしまいそうなほど。

——姉さんにも、こうして触れたの……？

胸の奥が、じりじりと焦《こ》げつくような気がした。

包みこむように触れられて、悦《よろこ》びと哀しみの狭間《はざま》で立佳はもがく。今隆一が触れているのは、立佳であり、立佳ではない。彼は、立佳を通して玲に触れている。

そう仕向《しむ》けたのは立佳だ。でも、胸が刺《さ》すように痛んだ。

それでも立佳は、彼に触れられたかった。たとえどんな形でも、恋《いと》しい人の熱を感じたい。それに、彼の寂しさを癒《い》やすことができるかもしれないのだ。

——僕に、お義兄さんを慰めることはできるかな？

隆一は手慣《てな》れた仕草《しぐさ》で、立佳の衣服《いふく》を脱《ぬ》がしていく。焦《あせ》ることはなく、恭《うやうや》しい手つきだった。

立佳の上半身を裸《はだか》にしたかと思うと、隆一は胸に顔を埋《うず》める。そして、心音《しんおん》に聞き入るような仕草を見せてから、そっと左胸に口づけてきた。

「あ……っ」

立佳は小声を上げる。きつく吸《す》われると、そこから全身に熱が広がっていく気がした。

「隆一さん……」

立佳は、隆一の肩に触れる。スマートに見えて、あんがいたくましい肩だ。しがみついても爪を立てても、揺るがないだろう安定感《あんていかん》がある。

思い切って肩を掴《つか》むと、隆一はますます熱心に胸元を愛撫《あいぶ》しはじめた。

きつく吸っては同じところを舐《な》め、そして歯を立てる。なだらかな場所をそうされるだけでも、じわじわと体が熱を帯《お》びだした。まして、色づいた突起《とっき》を咥《くわ》えられたら、ひとたまりもなかった。

「……っ、う……ん…」

立佳は、小さく呻《うめ》き声《ごえ》を上げる。

目をつぶっているせいか、触覚《しょっかく》は鋭敏《えいびん》だ。乳首を口腔に咥えられると、背中が大きくしなってしまった。

「あ………っ、そこ……は……」

「硬くなっているな」

先端《せんたん》を舌で舐めながら横合いから指でつつき、隆一が呟く。異《こと》なった二つの刺激《しげき》を一度に与《あた》えられた場所は、しこりのように硬くなってしまう。自分の体なのに、自分の体ではないような不思議な感覚だった。

「……あ……そんな…したら………」

乳首の先端ばかりをいじくりまわされ、立佳は少し胸を浮《う》かせた。

そんなところは今まで意識したことがなかったのに、隆一に触れられるだけで特別なもののように思えてくる。ひどく感じてしまう。全身の震えが止まらなくなった。

これは普通のことなのだろうか？　男性はもちろん、女性とすら体を重ねたことがない立佳にはわからない。もちろん、高校三年生並《な》みの知識は持っているけれども、あくまでも知識のみだ。

「可愛いな。真っ赤になっている」

わざとらしいくらい大きく濡《ぬ》れた音を立てて乳首を解放《かいほう》し、隆一は嘯《うそぶ》く。

「……っ、見ない…で……」

ふっと息を吹きかけられても、指でつままれて弄《いじ》られても、今の立佳の乳首は、なにをされたって感じてしまう。そこがこんなふうになるなんて、思ってもみなかった。今まで意識したこともなかった場所なのに。

ものすごく、恥ずかしい。

「や……っ、そこばっか……」

いやだと言いつつ、もっと隆一には触れてほしい。

彼の広い背中に腕を回しながら、立佳は呻く。小さくこぼれた息は、甘えるような媚《こ》びを含《ふく》んでしまったかもしれない。

「いやか？」

隆一は、少し体を離す。違う。そんなのは望んでいない。立佳は、何度も頭を振った。

「……いやじゃない……けど…っ」

硬くなった乳首を弄られるのも気持ちがいいが、そのせいか、足の間で欲望《よくぼう》が目覚めてしまっている。まだ下着に包みこまれているから、とても窮屈《きゅうくつ》だ。つい、腰が揺れてしまうのだ。

「……ああ、立佳はこっちのほうが好きか？」

言葉に出せない立佳の欲望を、隆一は察《さっ》したようだ。声が艶《あで》やかな笑みを含んでいる気がした。

「ああっ」

ジーンズの硬い布地《ぬのじ》の上から、弱い場所をやんわりと手のひらで圧迫《あっぱく》されて、立佳は小さく声を上げた。

硬くなりはじめているそこは、些細《ささい》な刺激にも敏感《びんかん》だ。腰を曲げると、膝が隆一の体とぶつかってしまった。彼に組み敷《し》かれているということを、意識する。

「窮屈だろう？」

囁《ささや》きながら、隆一は立佳のジーンズを脱がしにかかる。

欲望に近い場所に触れられて、立佳の心臓は破裂寸前《はれつすんぜん》だった。

「……んっ、そこ……は……」

どれだけ細身で、目を閉じれば玲の面影《おもかげ》があろうとも、立佳は男だ。その印《しるし》を見られることで、隆一が手を離してしまうのではないだろうかという不安もあった。

けれども隆一は、あからさまな欲望は見てみないふりをしてくれたのか、無言《むごん》で立佳の服を脱がせていく。その指先に、迷《まよ》いはなかった。

「楽にしていなさい」

下着まで取り払われた立佳は、膝を開くように促《うなが》された。頼《たよ》りなく長椅子から脚を下ろすと、その間に隆一は顔を埋めてくる。

「隆一さん……！」

立佳はさすがに上体《じょうたい》を浮かせて、思わず目を開いてしまった。信じられない。隆一は、立佳の肉色の欲望を口に咥《くわ》えていた。

「そんなことしたら、駄目……や……ぁ……っ」

口にくるみこまれた欲望は、一段と大きくなり、勢《いきお》いを増した。

そんなふうに触れられたら、どうにかなってしまいそうだ。駄目、と立佳は何度も言ったが、隆一はくちびるでの愛撫《あいぶ》をやめてくれそうにもなかった。

「だ…め……」

立佳は、いやいやと身を捩《よじ》る。

玲にはないものに触れることで、隆一が正気《しょうき》に返ってしまわないかどうか、不安で不安でしかたがなかった。

けれども彼は、口腔での愛撫をやめない。それどころか、立佳と玲の最大の体の作りの違いに、恭《うやうや》しく口づけているのだ。根元《ねもと》から先端《せんたん》まで。裏筋《うらすじ》も、蜜《みつ》で潤《うるお》いはじめた先端も。

「……あ……だめ、そんな……っ」

熱くなっているものを吸い上げられると、それはふるふると震えて、どうしようもなく高ぶっていく。くびれに歯を立てられ、先端のふくらみを甘噛《あまが》みされて、立佳の体の暴走は収《おさ》まらなくなった。

そんなにしちゃいやだ、とうわ言のように繰りかえしながらも、腰を隆一のくちびるに押しつけてしまう。彼に、どれだけでも愛してほしかった。

「そんな…あ…やぁ………っ」

立佳は悲鳴を上げた。

生まれてはじめて受けた、口での愛撫は強烈《きょうれつ》すぎる。立佳の体はすぐに、我慢《がまん》できない高みまで追いやられていく。

このままだと、達《たっ》してしまう。けれども、そこには隆一が顔を寄せているのだ。彼を汚してしまいそうで、立佳は怯《おび》えた。

「……いいだろう、出しなさい」

咥えこんでいたものから少しだけくちびるを離し、隆一は唆《そそのか》してくる。

「駄目だよ、そんな……っ」

立佳は激しく首を横に振った。そんなことだけは、どうしてもできない。だって、隆一を、立佳のいやらしいもので汚してしまうなんて。

「どうして？　こんなに張りつめていたら、苦しいだろう？」

隆一は、立佳の射精《しゃせい》を促《うなが》すように、そこを手のひらで包みこんだ。そして、優しくしごきはじめる。

「我慢しなくていい。気持ちよくしてやりたいんだ」

「あ……っ、そんな、や…………っ」

立佳は、大きく目を見ひらいた。ただでさえ高まりきっているのに、そんなことをされてしまったらひとたまりもない。

「出すんだ」

「や…………っ、だめ、だめだよぉ……」

低い声で命じた隆一は、根元のあたりを手で刺激《しげき》しながら、先端をくちびるにくるみこむ。その上、きつく吸われてしまい、立佳はとうとう我慢できなくなる。

「あぁ……っ」

甲高《かんだか》い声が漏《も》れたかと思うと、下肢《かし》から熱が溢《あふ》れた。すべて、隆一の口腔へと吸い取られていく。

「……………ふ…ぁ……」

立佳はぐったりと長椅子にもたれこんだ。カサブランカの香りが、またきつく香る。力なく目を閉じると、ますます芳香が強く感じられた。

――出しちゃったんだ……お義兄さんの口の中に…………。

隆一と目を合わせることもできなくなりそうだ。立佳の頬を、恥じらいと悦びの涙が溢れた。

「ごめ……な…さい………」

立佳は、顔を両手で覆《おお》う。

「俺、お義兄さんの中に……っ」

「可愛いよ、立佳。だが、『おにいさん』じゃない。隆一と呼びなさい。『おにいさん』とはセックスできないんだろう?」

今まで立佳が聞いたことがないような、淫《みだ》らな吐息《といき》を隆一はついた。彼の男の部分を垣《かい》間《ま》見た気がして、立佳の背中はぞくっと震えてしまう。

しかも、その震えは、下肢の快感《かいかん》に直結《ちょっけつ》していた。

達したばかりなのに、また疼《うず》きだす。浅ましいくらい、欲《ほ》しがりな体。いくら今まで我慢していたからとはいえ、いやらしすぎる。

「……よご…しちゃった……」

呟《つぶや》いたとたん、涙が溢れてきた。

どうしよう。立佳のいやらしい欲望《よくぼう》で、大好きな人を汚したのだ。自分が、ものすごく罪深《つみぶか》い人間になってしまったような気がした。

「汚してなんかいない。私が飲みたかったんだ」

隆一はいつもと同じように誠実な声で、とんでもなく淫《みだ》らなことを言いだした。

「……そんな…っ」

立佳は絶句《ぜっく》する。まさか、隆一がそんなことを言いだすなんて、夢にも思わなかった。

「あんなに張りつめて、痛くなかったか？　私こそ、手加減できなくてすまなかった。もっと楽に出せるようにしてあげればよかったな」

余韻《よいん》に震える立佳の欲望へ、隆一はそっと触れる。

まだそこからは、わずかに白いものがこぼれつづけていた。けれども隆一は気にせず、それを撫《な》でてくれた。

震えている子を、宥《なだ》めるように。

「……あ……りゅう…いち……さん…隆一さん……」

立佳は、自分自身をきゅっと抱きしめる。

隆一の手つきは優しいが、彼が触れている場所は、浅ましい立佳の中でも一番我慢がきかない場所なのだ。そんなふうに触れられてしまうと、また高まっていってしまう。

「……そこ…だめ、もう……」

「また感じているんだな。いいよ。どれだけでも、感じて」

囁きながら、隆一は立佳へと口づけはじめた。優しいキスの雨が、顔中に降る。頬の弾力《だんりょく》が気に入ったのか、そこには念入《ねんい》りに触れられた。くちびるだけではなく、肉が薄い隆一の頬も何度も擦《す》りよせられた。

「……っ、ふ……く…ぅ……ん……」

立佳は、何度も息を呑む。形のないものを飲みこんでいるはずなのに、喉《のど》に支《つか》えた気がしたのはどうしてか。

呼吸がままならないせいか、優しい刺激のせいか、立佳の意識は白《しら》みはじめる。全身から力が抜けて、融《と》けていきそうだ。

何度も口づけられ、擦りあわされた頬がすっかり熱くなっている。やがてキスだけでは足りなくなったのか、隆一は軽く甘噛みはじめた。

頬骨《ほおぼね》の辺りに前歯を軽く当てられたかと思うと、舌がそこをなぞる。歯と舌の感触の違いが、立佳にまた新しい悦びを与えた。

「ん……っ」

閉じていたまぶたに、立佳は力をこめた。

立佳は自分自身を抱きしめていた腕を解《と》き、隆一の胸元に縋《すが》りつく。彼は服を脱がず、シャツの襟元《えりもと》をくつろげただけのようだ。胸ポケットに眼鏡を入れているらしく、そこだけ少し硬かった。

隆一は立佳の顔の横に肘を置いた状態で、覆いかぶさってきている。頬や額にばかりキスをしていた彼は、ようやく立佳のくちびるを吸いはじめた。軽く触れては、すぐに離れる。ちゅっと軽い音が立ったりもした。上唇と下唇とを別々に吸われ、甘噛みされると、じんと頭の芯《しん》まで痺《しび》れる。

長い指先は、立佳の髪の毛をそっと撫《な》でていた。額や頬に張りついた一筋二筋《ひとすじふたすじ》を払《はら》いのけたり、逆毛《さかげ》を立てるように大きく梳《す》いたり。髪の根本《ねもと》を強く引っ張られると、びっくりするくらい気持ちがいいことを、立佳は初めて知った。

髪だけでは足りないみたいで、隆一の指先は立佳の頬や鼻筋《はなすじ》もさまよう。撫でられたり突かれたりすると、なんだかくすぐったい。身を捩《よじ》るとキスされて、その甘やかな感触が、くすぐったさまで融かしていくのだ。

「……りゅうい…ち…さん……」

立佳は、夢心地で彼の名前を呼ぶ。全身がふわふわしていて、本当に夢の中にいるみたいだった。

「そのまま、楽にしていなさい」

隆一は小さく呟いた。そして、開きっぱなしになっていた立佳の膝を、さらに外へと押し広げる。

「あ……?」

立佳の腰は、びくっと震える。

足の狭間へと、隆一は触れてきた。欲望まみれの場所ではなく、さらにその奥へ。

そこに触れられる意図《いと》は、おぼろげに察《さっ》することができる。けれども、少しだけ右の太股《ふともも》を押し上げられ、奥を露出《ろしゅつ》されると、さすがにいたたまれないものを感じた。

「そこ……駄目だよ、汚《きたな》いよ……っ」

身じろぎする立佳に、隆一は噛んで含めるように語りかけてくる。

「汚くなんかない」

「でも……」

「いいから、楽にしていてくれ。……全部、私にくれるつもりがあるなら」

「……ん…」

隆一にそんなふうに言われたら、立佳はもう拒《こば》めなくなる。小さく頷《うなず》いて、立佳は恥ずかしさを懸命にこらえようとした。

「……いい子だ」

隆一は、丹念《たんねん》に立佳の顔中に口づけた。立佳の緊張《きんちょう》をほぐし、あやすようなキスだ。

立佳は、隆一の背へと腕を回した。そして、彼のシャツをたくしあげるように指を這《は》わせる。

季節柄《きせつがら》、薄手《うすで》のシャツだ。彼の背骨《せぼね》の凹凸《おうとつ》まで辿《たど》れる気がした。立佳はもがくように、彼の大きな背中に指を這わせた。緊張をまぎらわすための、無意識の仕草だったのかもしれない。

「……肩胛骨《けんこうこつ》や、背骨がわかるだろう？」

立佳の指の動きに気づいたのか、隆一はひそやかに笑う。

「ん……」

立佳は、小さく頷く。

「肩胛骨は？」

尋ねられ、立佳はその出《で》っ張《ば》りに触れた。特徴的《とくちょうてき》な骨の形は、たやすく辿ることができる。隆一の体には無駄な肉がついておらず、引き締まった体型だ。

「じゃあ、背骨は？」

「こっち……」

首筋から、立佳は隆一の背骨を辿りはじめる。美しいラインだ。規則正しい凹凸の感触は、指先にも心地がよかった。

「……さすがに、くすぐったいな」

隆一は軽く肩を竦《すく》めると、立佳にまた口づけてくる。

隆一が身じろぎすると、骨や筋肉が滑《なめ》らかに動いた。

これが、隆一の体だ。立佳は、彼に触れているのだ。不思議な感動まじりに、立佳はいつしか、その動きを指先で辿ることに夢中になる。

禁忌《きんき》の場所へと隆一の指が触れていることから、気がそがれていく。

隆一は立佳の意識が下肢からそれたのを見計《みはか》らうように、ふたたび恥ずかしい場所を指の腹《はら》で探《さぐ》りだした。そこはぴったりと閉ざされており、誰にも触れられたことのない秘密の場所だった。

「あ……っ」

そっと指の腹で入り口を押され、立佳は小さく息を漏《も》らす。ちょうど隆一の肩胛骨をまさぐっていたところで、思わず爪を立ててしまった。

「辛《つら》いか？」

立佳のくちびるを啄《ついば》み、隆一が尋ねてくる。

「だって、そこ……そこは…………っ」

「初めてだったら、違和感があっても当たりまえだな。……ひどいことや痛いことはしたくない。どうしても無理そうなら、やめておこう」

「そこ……使うの？」

立佳は、こくっと息を呑む。隆一は、立佳と一つになることを望んでいてくれているのだろうか。胸がどきどきしてきた。

「立佳がいやなら、やめておこう」

穏やかに、隆一は言う。

「でも……。それじゃあ、姉さんの代わりになれないよね」

「……そんなことは、考えなくてもいい」

やんわりと窘《たしな》められるが、立佳は小さく首を振った。

「駄目だよ。だって俺は好きな人を考えながら抱かれてるのに……。抱かれて、悦んでるんだ。だから、隆一さんも俺を姉さんの代わりにして」

目をつぶっているから、隆一の表情は立佳にはわからない。けれども、まつげが揺れて、彼がため息をついたことだけはわかった。

さすがに、ためらっているのだろうか？　そろそろアルコールが醒《さ》めて、我にかえりかけているのかもしれない。

しかし、重なっている下肢《かし》からは、隆一の熱が伝わってくる。彼も、感じていてくれるのだ。男の生理《せいり》は単純明快《たんじゅんめいかい》だった。

――僕のことでも、欲しいと思ってくれてる？　男の体だけど……。

玲と同じなのは、目を閉じているこの顔だけ。それでも、隆一が高ぶってくれているのならば。欲しいと思ってくれているのならば。

——僕のこと、みんなお義兄さんにあげる。

立佳は少しだけ背中を起こし、隆一の首筋に顔を寄せた。

「お願い、隆一さん。このまま抱いて」

「立佳……」

隆一は、掠《かす》れた声で立佳の名を呼ぶ。それに続く言葉はない。ただ、二、三回、「立佳」と彼は繰りかえした。もしかしたら、他に告《つ》げたい言葉があったのだろうか？　それは、立佳にもわからない。

「……姉さんにしたみたいに、して」

うわごとみたいに囁くと、隆一は息を呑んだ。やがて、吐息《といき》をついていくばくか、閉じたままの立佳のまぶたの上に口づけてくる。

ふいに、隆一の重みが消える。

——どうしたの？

驚いた立佳だったが、太股をさらに外側へと押しやられてしまい、思わず目を開けた。

「……あ…っ」

体を起こした立佳は、思わず息を呑む。隆一は立佳の下肢へと顔を近づけていた。欲望ではなく、さらにその奥へ。

「みな……いで………っ」

息を吹きかけられ、立佳は悲鳴《ひめい》を上げる。

まさかと思うが、隆一はそこにも口をつけようとするのだろうか？　そんなことをしては駄目だ。それをしていい場所じゃない。

「駄目だよ、そんなところ……っ」

「ここをよくほぐさないと、辛いのは立佳だ」

隆一は穏やかに呟くと、何一つためらいも見せずに、そこへ舌を這わせてきた。

「だめ……！」

立佳は声を張り上げる。信じられない。隆一がそんな場所に、口づけてくるなんて。

「……だめ、駄目だよ、隆一さん。だめ……！」

「そんなに体を強張《こわば》らせるな。中まで舐《な》めてやれない。……立佳は、私に抱かれたいんだろう？」

「そうだけど、でも……っ」

慣《な》らす方法は、他にもあるはずだ。立佳の知識は拙《つたな》いが、それくらいはわかる。しかし隆一は、自《みずか》らの舌でそこに触れることに拘《こだわ》った。

隆一は奥まったすぼまりを指で開き、露出《ろしゅつ》したつぼみへと舌を這わせる。とても丁寧《ていねい》だ。

襞《ひだ》の一本一本まで、彼は唾液《だえき》で潤《うるお》していく。

「……あ、や……っ、だ……め……」

隆一のなすがままになりながらも、立佳は駄々《だだ》っこのように首を横に振る。そのたびに、花の香りが強く香った。

「そんな……したら……」

じわじわと、内側が熱くなっていく。舌で弄《いじ》られて、ぽってりと腫《は》れたように柔《やわ》らかくなっていく。

じんじんと、痺《しび》れるような疼《うず》きが体内に生まれた。他人に触れられることに抵抗がある場所なのに、舌が届かない奥がもどかしげに収縮《しゅうしゅく》する。そこにも、もっと奥にも、いやらしい刺激が欲しくなる。

「こんな……や……ぁ……」

立佳は、喉を震わせる。

恥ずかしいはずなのに、自分が感じてしまうことがわかる。直接欲望を弄られるよりずっと、罪深いことのような気がした。

一度は隆一の口内《こうない》で達したはずのものが、また熱の兆《きざ》しを見せはじめたから、なおさらだ。

「駄目……っ、駄目だよ隆一さん。駄目……!」

「駄目じゃない。感じているじゃないか。……だいぶん、柔らかくなった」

恥ずかしい場所から顔を離し、隆一は呟く。彼は立ち上がったかと思うと、ふたたび全身で立佳に覆いかぶさってきた。

「隆一さん……！」

舌で舐めほぐされた場所に、熱いたかぶりが押し当てられる。さすがに驚いて、立佳は腰を引こうとした。けれども隆一は、するどい声で制《せい》する。

「私を拒《こば》むな」

立佳の顔の横に肘を置いた隆一は、立佳の顔を見つめているようだ。睨《にら》まれているのかもしれない。目をつぶっていても、視線を向けられているのだと感じるほどだった。

「……逃げないでくれ」

命じられたと思ったら、次は哀願《あいがん》口調《くちょう》になる。

立佳は逆《さか》らえない
立佳を捕《つか》まえた隆一は、そのまま腰を押しつけてきた。

「……っ、ひ……あ………」

硬いものが、立佳の小さなつぼみに入りこんでくる。その衝撃《しょうげき》は、予想以上だった。鈍《どん》痛《つう》が、じわじわと広がっていく。

「あ……っ、隆一さ…ん………」

立佳は思わず、彼の広い背中に縋《すが》りつく。痛みを耐《た》えるように爪を立てると、進入が止まった。かわりに、顔中に口づけが降ってくる。

「……大丈夫か、立佳？」

立佳の髪を撫で、あやすようにキスしながら、隆一は囁く。

「いい子だ……。もっと楽にしていなさい」

隆一は、立佳の背に手を回し、少しだけ上体を抱き起こす。自分の胸元に守るように掻《か》き抱いて、彼は囁いた。

「大きく息をして……静かに吐いて」

「ん……」

強張《こわば》った体をリラックスさせようと、立佳は何度も息をつく。

隆一の胸に頬をぴたっとくっつけたせいか、心音《しんおん》が大きく聞えた。カサブランカのかおりに隆一の香りに包みこまれ、立佳はため息まじりに声を漏らした。

少しずつ、下肢から力が抜けていく。

「……そうだ、それでいい」

喉の奥で呟いた隆一は、立佳の背中をあやすように撫で、額にキスを繰りかえしながら、腰を進めていく。一番太い部分を完全に呑みこんでしまうと、あとは楽だった。

隆一が、どんどん奥へと入りこんでくる。

「……隆一さんで、いっぱいになってる……」

立佳は、夢うつつに呟いた。空っぽだった場所を、隆一で埋められていく。たとえ身代わりだとしても、これ以上の幸福はなかった。

「……そうだ、上手だな。もう少し……」

「ん……っ」

立佳の下腹が、小さく波打《なみう》つ。気がつけば、深い部分はすべて隆一のものにされていた。

「全部入った」

呟いた隆一は、ご褒美《ほうび》みたいに立佳に口づけてくる。

「……立佳」

ぐっと立佳の腰を折り曲げたかと思うと、隆一は大きく動きはじめた。

長椅子が、軋《きし》みを立てる。

「あ……っ、りゅうい……ち……さん、隆一さん……！」

背中をふたたびカサブランカに押しつけられた立佳は、闇雲《やみくも》に隆一の名前を呼ぶ。つながった場所から、隆一の存在を強烈に感じた。

隆一が動くと、つながった場所の粘膜《ねんまく》が激しく蠢《うごめ》く。いやらしく濡《ぬ》れた音が漏れ、淫らに立佳を掻《か》き乱していく。

「……さん、隆一さん…………っ」

立佳は無我夢中《むがむちゅう》だった。繰りかえし隆一の名を呼び、求め、何度もシャツの背中を引っ掻く。

淫らな欲望に触れられているわけでもないのに、内側からの圧迫感《あっぱくかん》だけでも追いつめられる。隆一の下肢と、ふたたび硬くなったものの先端が擦《こす》れ、立佳は泣きむせぶ。こんなにされたら、我慢できない。

「……さん……隆一さん……なか……いっぱいになって……っ」

「辛いか？」

「ん……っ」

糸が切れた操《あやつ》り人形のように、立佳は何度も顎《あご》を振った。

「あ……っ、もう僕……ぼく……いっちゃう……また、いっちゃうよ……っ」

小刻《こきざ》みに震える立佳の体を、隆一はきつく抱きすくめる。体の芯《しん》まで痺《しび》れてしまうような、きつい抱擁《ほうよう》だった。

熱い吐息が、耳元を揺らす。

「……どこにも行かないでくれ」

切実なほど切羽《せっぱ》つまっていて、胸が痛くなるような声が、立佳を揺すぶった。

「あ……っ」

立佳は喉《のど》を大きくのけぞらせ、喘《あえ》ぐ。うっすらと見ひらいた瞳に、真摯《しんし》な隆一の表情が

バックナンバー

海王… ご利… GUS…

■GUSH COMICS■

コミックス
B6判／定価610円

●あかま日砂紀【フェザーコンプレックス①】
●天城れの【メイドイン王子】【青春男子手芸クラブ】
●新也美樹【シークレット！】【あなたにムチュウ♥】【急患です！】
●扇ゆずは【嵐が丘】【BROTHER ブラザー】【浴びる純情】
●越智千文【breath】【breath②～⑤】【天使か悪魔か①～③】
●梶本潤【星の岡パラダイス①～②】
●金沢有倖【神の子～セブンス～①～③】
●カムロコレアキ【エスエフ SEX FRIEND】
●かんべあきら【クールダウン】【トラブル・ラブCandy】【凍る灼熱】【焔の鎖 凍る灼熱シリーズ】
●霧島珠樹【キミは「ぽち」だ！】【キミは「ぽち」だ！～大学生編～】【センセイの言う通り。】
●小鳥衿くろ【カンパリ・サイダー 全2巻】【TOKOHALU】
●桜川園子【花もあらしも！】【花もいばらも！】
●桜城やや【プラス20cmの距離】【熱量～カロリー～】
●須賀邦彦【青の世界上下】
●高永ひなこ【リトル・バタフライ全3巻】
●高永ひなこ【チャレンジャーズ全4巻】※3巻のみ定価650円【恋する暴君】※チャレンジャーズシリーズ
●タカハシマコ【ドーナツ通信】
●徳丸佳貴【楡崎教授の昼下がりの研究室】
●楢崎ねねこ【きみはともだち】
●成神護【ラズベリーロマンス】
●トジツキハジメ【白猫】
●はしだ由花里【カブキ～華の章～】【カブキ～緋の章～】
●橋本あおい【その手をつないで】
●緋色れーいち【DOUBLE CALL①～⑨】
●深瀬紅音【ポケット・センチメンタル】
●葛井美鳥【失恋マニア】【純愛アレルギー】【熱愛コンプレックス】【ショットガン・マリッジ】
●星野リリィ【都立魔法学園】
●ホームラン・拳【喜鬼～KIKI～】【僕は君の鳥になりたい。】
●宮越和草【バーリ・トゥード フェスティバル】
●大和名瀬【さあ 恋におちたまえ】【さあ 恋におちたまえ②】
●山葉梅九【スクランブル上下】
●やまかみ梨由【あなただけを待ってる】
●山本小鉄子【恋はGOGO！】
●祐也【僕たちの卒業～秘密のふたり2nd～】【Will～これまでの事とこれからの事～】【ろくでなしの恋①～③】
●りぎあ・もーりす【RED ROSE 全2巻】

■GUSH mania COMICS■

B6判／定価610円

●あきばじろぉ【GO! GO! HEAVEN】【純情メトロ】
●安南友香子【制服】
●金沢有倖【あなたの熱を奪いたい】
●寿さくら【赤と黒の戒律】
●桜川園子【俺様天国！】
●真行寺罪子【セブンシーズ】【あの子にタッチ】
●千歳ぴよこ【しあわせCook】【おもいっきり好きになって!】
●徳丸佳貴【虜囚】
●羽柴紀子【DO ME！】【お医者さまの甘い病】
●柊のぞむ【やれるものなら！】
●日の出ハイム【それもこれもが恋ってもんだろ。】
●藤成ゆうき【隣のおにいちゃん】【僕のおさななじみ】
●星野リリィ【かわいがって下さい】
●水野透子【フラワー・ポット】
●柚摩サトル【許してウォンチュー】
●乱魔猫吉【溺愛スイーツ】

* CuteなHがいっぱいのボーイズラブマガジン *
チップス
Chips!
オール新作読み切り
表紙／亜樹良のりかず
ピンナップ／あじみね朔生
11月18日(金)発売
サラリーマン特集号
貴方のスーツの中を暴いてみたい…。
山本小鉄子
須賀邦彦
徳丸佳貴
楢崎ねねこ
岡田冴世
羽柴紀子
真行寺罪子
タクミユウ
鳩村衣杏
巻頭カラー 天城れの
カラー 奥田ミキ
ホームラン・拳
トジツキハジメ
表紙カラー 亜樹良のりかず
200名様プレゼント！特製オリジナルグッズ　亜樹良のりかず・あじみね朔生

GUSH COMICS　GUSH mania COMICS

最新刊&

11月10日発売

B6判／定価610円

「恋する暴君②」高永ひなこ&「荊の檻～いばらのおり～」桜川園子
別バージョン・クリアラブカバー全員サービス！
●表紙カバー下にも描き下ろしカラーイラストが！●

【恋する暴君2】 高永ひなこ

長年の片思いがむくわれ、宗一と夢の恋人生活を送るつもりだった森永。ところが、暴君・宗一の壁は高く…。

【荊の檻～いばらのおり～】 桜川園子

「貴方のものにして下さい」高潔な彼・九条剣の前に待ちかまえていたのは、快楽という名の罠だった――。

【知らない僕ら】 カムロコレアキ

名前も知らずに抱き合ったあの人が忘れられない…。思いがけない再会は医者と患者としてだった――。

【Cat&Dogs!】 キャットアンドドッグス 葛井美鳥

憧れの先輩・柏木の後を追って、大学入学を果たした剣道部の柴は、そこで柏木のライバル秋田に出会い…。

■■■KAIOHSHA INFORMATION■■■
Sweet & Happy Boy's Love Life
毎月7日発売 ガッシュ
Boy's Love Magazine GUSH
GUSH
12月号
表紙/かんべあきら
A5判/定価650円
11月7日(月)発売
illust 水名瀬雅良
小説 秀香穂里
パートカラー
霧島珠樹
桜川園子
緋色れーいち
宮越和草
さあ恋におちたまえ
大和名瀬
BROTHER
扇ゆずは
表紙カラー
最終回!!
かんべあきら
凍る灼熱シリーズ 蜜の烙印
巻頭カラー
越智千文
松居×慎吾シリーズ キスのヤマイ
パートカラー
葛井美鳥
シリーズ新作!
コミックス連動全員サービス開催!!
「恋する暴君②」高永ひなこ&「荊の檻~いばらのおり~」桜川園子
別バージョン・クリアラブカバー全員サービス!

◆この本を何でお知りになりましたか？
1.書店で見て　2.広告を見て（何の？　　　　　　　　　）3.人に勧められて
4.作家のHPを見て

◆この本をご購入されたきっかけは？（複数回答可）
1.作家が好きだから　2.イラストにひかれて　3.タイトルが気にいって
4.オビのあおりを見て　5.あらすじを読んで　6.雑誌[GUSH]の特集記事を読んで
8.その他（　　　　　　　　　　　　　　　　　　　）

◆表紙のデザイン・装丁についてはいかがですか？
1.よい　2.ふつう　3.悪い
（理由　　　　　　　　　　　　　　　　　　　　　）

◆あなたが小説で読みたいジャンル・シチュエーションについて教えてください。
・どんなジャンルが好きですか？○,×をつけて教えてください。（複数回答可）
学園もの／サラリーマン／禁断愛／SF・ファンタジー・ホラー／時代もの
主従関係／ショタ／オヤジ／業界もの（医者・極道・弁護士・ホスト・スポーツ）
その他（　　　　　　　　　　　　　　　　　　　　　　　　　　　）
・どんなシチュエーションが好きですか？○,×をつけて教えてください。（複数回答可）
年の差／凌辱／監禁／下剋上／コスプレ／SM／コンビ・相棒／三角関係
ライバル／借金／変態プレイ／その他（　　　　　　　　　　　　）

◆どんなタイプの話が好きですか？　近い数値に○をつけてください。

じっくり読みたい	←	3	2	1	0	1	2	3	→軽く読みたい
切ない話	←	3	2	1	0	1	2	3	→明るい話
ダーク・重厚	←	3	2	1	0	1	2	3	→はじけエロ

◆今後ガッシュ文庫に登場してほしい作家（または、必ず購入する作家）、イラストレーターを教えてください。

◆あなたがよく買うボーイズラブレーベルはどこですか？
小説、コミック問わず教えてください。

◆この本に対するご意見・ご感想をお書きください。満足度♥➡　　　　%

☆ご協力ありがとうございました☆

POST CARD

1 0 2 - 8 4 0 5

東京都千代田区一番町29－6
(株)海王社 ガッシュ文庫編集部
「背徳のくちづけ」係

〒□□□-□□□□ 住所	☎ (　　)		
ふりがな 氏名 P.N.[　　　]	学年・職業	年齢	男・女
この本をお買い上げになった書店名: 区市町村　書店			
購入日： 年 月 日			

05.10.28

◆ハガキをお送りくださった方の中から抽選で毎月20名様にガッシュ文庫特製オリジナル図書カードをプレゼントいたします。発表は発送をもってかえさせていただきます。

※このはがきは、海王社の出版物企画の参考とさせていただきます。応募された方の個人情報を、本企画遂行以外の目的に利用することはありません。

ガッシュ文庫
KAIOHSHA

05

映った。影のある、端整《たんせい》な顔。胸が痛くなるほどだ。

――お義兄さんは、寂しいんだね。

立佳は、ぼんやりと考える。

玲を失ってからというもの、隆一から孤独《こどく》の影が消えることはなかった。

家中を、玲の大好きだったカサブランカで満たしてしまうほどの寂しさ。でも、香りの記憶だけでは、きっと胸の空洞《くうどう》を埋《う》められない。

だからこそ、隆一は立佳に触れたのだ。酔っていたにせよ。

立佳の体温は、隆一の空虚《くうきょ》を埋められるだろうか?

――身代わりでいいよ。

立佳は、全身で彼を包みこもうとする。

――だから、哀しまないで……。

深く貫《つらぬ》かれながら、立佳は彼に頬を寄せる。

想いをこめて頬ずりすると、激しくつながっている場所以上に深く、彼の心と重なった気がした。

「立佳……っ」

隆一は掠《かす》れた声で立佳の名前を呼ぶと、いきなり動きはじめる。つながった場所がめちゃくちゃに掻き回されて、立佳はのけぞってしまった。

「あ……っ、隆一さん……、隆一さん、あぁっ！」

一番感じやすいところを激しく責めたてられ、立佳は何度も何度も隆一の名前を呼ぶ。やがて互いの熱が弾《はじ》けて、内側にも外側にも飛び散っていっても、その余韻《よいん》に身を震わせながら、立佳は隆一を呼びつづけた。

＊　＊　＊

隆一が、ゆっくりと中から出ていく。

「……ん…っ」

立佳は、呆然《ぼうぜん》と目を見ひらいた。

内側から太股にかけて、滴《したた》りおちるものがある。隆一の、情熱《じょうねつ》の証《あかし》だった。

「大丈夫だったか？」

乱れた立佳の髪を撫でながら、隆一は呟く。立佳の視界いっぱいに広がった彼の表情は、ありありと後悔に満ちていた。

——もう、醒《さ》めちゃったんだ。

立佳は、細い眉を寄せる。

酔いからも、熱病《ねつびょう》のような悪い夢からも逃れ、隆一は我《われ》にかえってしまったらしい。

まだ、立佳の肌に火照《ほて》りが残っているというのに。

彼のとまどいの表情を、立佳は恨《うら》めしくも感じた。

「大丈夫だよ」

小声で応えて、立佳は隆一を安心させるように表情を綻《ほころ》ばせる。

「痛まないか?」

「ん……」

下腹部に鈍痛があったが、熱の名残《なごり》のようなものだ。痛みのうちには入らない。

「平気」

「……すまなかった」

立佳の前髪を撫でながら、隆一は呟く。

やっぱり、謝られてしまった。

泣きたいような、笑わないといけないような、複雑な気分だ。

謝ってほしくなんかない。立佳は、嬉しかったのに。たとえかりそめでも、彼を自分のものにできたのだから……——でも、この感情は『秘密』だ。隆一を、これ以上困らせたくない。

「気持ちよかったから、平気」

立佳は、目を閉じる。こうすれば、また隆一は玲と立佳を重ねるだろうか? どんな手《しゅ》段《だん》を使ってもいいから、立佳は隆一を惹《ひ》きつけておきたかった。

——一度でも抱いてもらえたらって、前は思っていたのに。

内心、立佳は苦笑《くしょう》する。

人間の欲《よく》には、際限《さいげん》がないらしい。一度触れられたら満《み》たされるかと思っていたが、とんでもない。ますます欲しくなってしまった。

「好きな人のこと、考えていたから。とても幸せだった」

知られてはいけないことは伏せていたけれども、それは立佳の偽《いつわ》らざる本音だ。

「立佳……」

隆一の穏やかな声が、低くなる。

立佳の言葉は、彼のプライドを傷つけたかもしれない。あるいは、優しい彼を困惑《こんわく》させたかもしれない。

でも、嘘じゃない。立佳はずっと、隆一のことばかり考えていた。隆一の心の中は玲一色だったとしても。

「……私に同情したのか？」

隆一の声は、苦い響《ひび》きを帯びていた。

「好きな人のことを考えながら、お義兄さんに抱かれたいって言ったでしょう？　……それに」

立佳は言葉を切ると、ちょっとだけ笑う。

「いつまでも姉さんのことを好きでいてくれるお義兄さんの、支《ささ》えになれたら嬉しいんだ。僕がお義兄さんのためにできることって、他にないから」

「立佳……」

その瞬間、隆一が見せた表情は、思いがけないものだった。

彼は目を伏《ふ》せ、俯《うつむ》きかげんになる。

深く傷ついたように見えた。

どうして、彼が傷つかなくてはいけないのだろうか？　立佳は、彼の寂しさを埋めたいだけなのに。

「お義兄さん？」

夢の時間の終わりの合図《あいず》みたいに、立佳はいつもみたいに隆一を呼ぶ。

そして、そっと体を起こし、隆一へと手を差し伸べた。彼の首筋に腕を回し、そっと抱き寄せる。

彼の髪に顔を埋《うず》めたとたん、痺れるような愛《いと》しさが胸を満たした。

どうしようもなく、隆一が好きだ。彼をこうして独《ひと》り占《じ》めにできるなら、立佳はなんだってできる。

——身代わりでいいんだ。

立佳は自分自身を納得させるように呟く。

——だって、お義兄さんは、こうして僕の傍に……。

ぎゅっとしがみつくように力を入れると、隆一が軽く身じろぎした。

彼は顔を上げ、立佳の頬を手のひらで包みこむ。

「……またしてね、『隆一さん』」

「……！」

視線が絡《から》んだ。

息が詰まるような沈黙……——やがて、どちらからともなく、くちびるを寄せあう。

咽《む》せるような百合《ゆり》の香りがする中、禁忌を互いに刻みこむような、深いキス。

舌にとても苦く、そのくせ胸が甘く痺れた。

ACT 5

「隆一《りゅういち》さん」

名前を呼ぶと、リビングのソファに座って新聞を読んでいた義兄《あに》は、小さく肩を揺《ゆ》らした。

夕食後。こうしてリビングでくつろぐのは、隆一の日課《にっか》だ。いつもの立佳《りっか》なら、彼のためにコーヒー豆を煎《い》り、少し濃いめのブラックコーヒーを淹《い》れて持っていくだろう。けれども、今日は違う。コーヒーのかわりに、アルコールを用意していた。

立佳の夏休みは、中盤《ちゅうばん》にさしかかろうとしていた。バイトは諦《あきら》めて、一日中家にいる。受験勉強の真似事《まねごと》をして、あとはひたすら隆一の帰りを待つ生活。

今までと、なにも変わらない。ただ一つ違うのは、義兄弟という枷《かせ》を離れた罪深いひとときを、二人が共有するようになったことだ。

「……立佳」

隆一は眼鏡《めがね》の奥の目を眇《すが》め、ほんの少しだけ眉《まゆ》を顰《ひそ》める。迷っているみたいだ。祈《いの》るような想いで、立佳は水割《みずわ》りのウィスキーを差しだす。

受け取ってくれるだろうか。どうだろう? この儀式《ぎしき》めいた瞬間《しゅんかん》、立佳は息すら潜めている。

隆一は、小さく息をつく。そして、フレームレスの眼鏡を軽く指で押さえた。

彼の一挙一動《いっきょいちどう》をなにひとつ見逃さないように、立佳はじっと見つめる。鼓動《こどう》が高鳴っていくのを、強く意識していた。

やがて、彼は眼鏡を外してしまう。そして、立佳の持ってきた水割りのグラスを受け取ってくれる。

隆一が水割りに口をつけた。

それが合図《あいず》だ。

立佳は、ほっと息をつく。隆一にそっと寄《よ》り添《そ》った。腕を絡《から》めてみる。彼の温もりに浸《ひた》るように、立佳は目を閉じた。

今、立佳は玲《れい》なのだ。だから、こうやって隆一に触れることができる。彼の最愛《さいあい》の人にしか許されなかった行為ができる。

「立佳……」

くちびるを湿《しめ》らせ、グラスをテーブルに置いた隆一は、そっと立佳のこめかみにくちびるを寄せてくる。くすぐったい感触《かんしょく》。立佳は、うっとりと目を閉じる。

夏休みに入ったばかりのあの日、立佳と隆一は一線《いっせん》を越《こ》えてしまった。それ以来、すでに何度か体を重ねている。

最初は緊張《きんちょう》のあまり強張《こわば》ることもあった立佳の体は、今ではすっかり融《と》けるようになった。彼の温《ぬく》もりに包まれ、綻《ほころ》んでいく。

立佳が体の力を抜くと、隆一の手のひらが脇腹《わきばら》をくすぐった。シャツの裾《すそ》をたぐりよせ、その隙間《すきま》から指が入ってくる。長い指だ。

あばらをくすぐって、胸へとその指が近づくのを立佳は感じていた。

もうすぐだ。胸の粒《つぶ》を押しつぶすように愛撫《あいぶ》される瞬間を、固唾《かたず》を呑《の》んで待っていると、すぐに望みは叶《かな》えられた。

「あ……っ」

小さく喘《あえ》いだくちびるが、もの寂《さび》しい。慰《なぐさ》めるように自分の指を這《は》わすと、隆一はその指に口づけてきた。彼のくちびるに、指が追いやられる。くちびるを塞《ふさ》がれ、深いキス――。

「隆一さん、これじゃあ洗えないよ」

恥じらうように、「まだシャワーを浴《あ》びてない」と立佳が呟《つぶや》くと、隆一は律儀《りちぎ》にバスルームに連れてきてくれた。けれども、そのあとがいけない。二人で入ってしまったら、体を洗うどころではなくなってしまう。

「洗ってあげよう」

触れるまではためらう素振《そぶ》りを見せるくせに、淫《みだ》らな真似《まね》など興味はありませんという顔をしているくせに、立佳に男の顔を見せてしまったあとは、隆一は大人の淫らさを隠《かく》そうともしない。

今日だって、一人でシャワーを浴びると立佳は言ったのに、彼らしくもない押しの強さで、一緒にバスルームに入ってきた。

もっとも、立佳が本当にいやがったなら、彼は無理《むり》じいはしないだろう。最後の一線での抑制《よくせい》はできる人だ。よほどのことがないかぎり、そういう部分は変わらないだろう。

立佳と関係を持ったのだって、隆一が酔《よ》っていなければありえないことだったと思う。

いくら、立佳が玲に似ているとはいえ。

「……ん、隆一……さん…」

背中から抱き寄せられた立佳は、すでに服を脱がされている。あまり勢いが強くないシャワーを全身に浴びて、タイルの壁に手のひらをついていた。その立佳の体を、隆一はくちびるで、指で、まさぐり続けていた。

「あ……だめ、こんなの……」

「なにが駄目なんだ?」

隆一の口調は優しげだが、欲望がかすかに籠《こ》もっている。立佳の白い背中のあちらこちらに、彼はくちびるを落としていた。肌には、彼の痕《あと》がいくつも刻《きざ》まれる。

それでも隆一は、首筋などには絶対に痕を残さない。人に見られて困るのは立佳だからと、思っているのだろう。理性的《りせいてき》な人だ。こんな瞬間までも、立佳への気遣《きづか》いを失わない。けれども立佳は、彼が理性を失わないことに少し落胆《らくたん》する。そして、立佳自身は最後の『秘密』を口にしない理性が自分にまだ残っていることに安堵《あんど》するのだ。

——忘れちゃ駄目なんだ。

隆一が立佳に溺《おぼ》れきっていないのは、立佳が身代《みが》わりだからだ。

全身に愛撫を受けてはいても、これは本当は立佳に与《あた》えられるべきものではない。玲のものだ。隆一が愛しているのは、今はもういない立佳の姉だ。

「気持よくなっているのだろう?」

「……っ、ん……」

「ここ……、すっかり硬いよ」

淫らな告白を、隆一は迫《せま》る。胸の粒を柔《やわ》らかく揉《も》まれたかと思うと、爪をきつく立てられた。じんと痺《しび》れ、そこから熱が下肢《かし》に滴《したた》りおちる。

立佳は、小さく息を呑んだ。

「……あんまり……強くしたら……っ」

「しこりみたいだ」

「んっ」

立佳は、きつく目をつぶった。

乳首なんて、隆一に触れられるようになるまでは、意識したこともない場所だった。それなのに、今はこんなにも感じる。淫らな熱の源《みなもと》の一つだ。

——お湯…あつ…い………っ。

立佳は、きつく目を閉じた。

隆一に煽《あお》られているせいで、肌はすっかり敏感《びんかん》になっていた。肌をくすぐるシャワーは、規則正しいリズムで心地よさを立佳に与える。水流《すいりゅう》さえも愛撫になる。

頭の芯《しん》がしびれ、ぼうっとしてくる。

「……そこばっか……しない…で…っ」

立佳は、甘えるように訴《うった》えた。

「……っ、じんって……しちゃう、むずがゆくて……っ」

「本当に、敏感になったんだな」

隆一の口調は、感心まじりだ。

「隆一さんが触るからだよっ」

「……ここの弾力《だんりょく》は、気持ちいいんだよ」

両方の乳首をいっぺんに引《ひ》っ張《ぱ》られ、引っ張りきったところで、ぱっと放す。そんな戯《たわむ》れのような仕草《しぐさ》が、とてもいい。引っ張られきったときの痛みと、放されたときの解放感で、立佳の体はぞくぞくと震《ふる》えてしまった。

「そんなにしたら……駄目……っ」

「本当に？」

耳たぶにくちびるを押しつけるように囁《ささや》いてくるときの、隆一は少し意地悪《いじわる》だ。「駄目」という言葉が、別の意味を持つことをちゃんと知っている。

「やめたほうがいいのか？」

「そうじゃなくて……」

立佳は、瞳を潤《うる》ませる。

俯《うつむ》いたままだから、頬《ほお》をシャワーの水流が辿《たど》っている。けれどもそこに、立佳自身の流した透明《とうめい》の滴《しずく》が混じってしまったかもしれない。

「……そこだけじゃ……いや……」

触れられないままの立佳の欲望は、すでに硬くなりはじめている。先端《せんたん》にはとろっとした先走りが滲《にじ》み、じわじわと溢《あふ》れていた。

「こっちもか？」

弱いそこを握《にぎ》りこまれ、立佳は小さく息を呑んだ。

軽くくちびるを噛《か》んで、声は殺す。そこでの快感《かいかん》をあからさまにするのは、ためらわれた。だって、男にしかないものだから。

玲とは違う体の作りを、隆一に意識されるのが怖い。彼がいきなり、この罪深い夢から一人だけ覚《さ》めてしまいそうで。

「……っ、ちが……う……」

立佳は、小さく首を横に振る。

本当は、その場所への刺激《しげき》は心地《ここち》よく、もっと彼に触れてほしくなる。激しく愛されたい。けれども……——立佳は頬を染《そ》め、恥じらいながら呟《つぶや》いた。

——……僕は、身代わりだから……。

忘れてはいけないのだ。立佳は心の中で、言葉にして自分自身の立場を噛みしめる。

「なか……して……っ、中でいきたい……」

まるで、女性のように。

玲のように。

立佳は、足を肩幅《かたはば》ほどに開く。隆一を奥へと誘いこむために。

「……いいのか？」

立佳の双丘《そうきゅう》の狭間《はざま》に指を這わせながらも、隆一はためらいがちに尋《たず》ねてくる。

「ん……っ、中で……たい、感じたいから……ね？」

声を震わせて、立佳はねだった。

体の内側からの快感は、強烈《きょうれつ》だがもどかしさも感じる。しかも、後にまで長く尾《お》を引き、立佳を苦しめた。

それでも、隆一を悦《よろこ》ばせることができるなら、立佳はそれでかまわない。

「楽にしていなさい」

隆一は掠《かす》れた声で囁くと、後ろからも前からも、立佳の弱い場所へと指を滑《すべ》らせた。

「あぁっ」

立佳は、思わず背中をのけぞらせる。一度に二本のひとさし指に突かれたつぼみは、淡《あわ》く綻《ほころ》んでしまった。

そこは、隆一にすっかり慣《な》らされていた。最初は頑《かたく》なだったが、今は悦びに貪欲《どんよく》で、進んで開いていこうとする。

「辛《つら》くないか?」

のけぞった立佳をそのまま胸元に懐《なつ》かせて、隆一は尋ねてきた。

「ん……っ」

立佳は、がくがくと顎《あご》を縦《たて》に振る。

下肢から力が抜けるが、隆一が支《ささ》えてくれた。彼にすべてを預《あず》ける感覚ほど、心地いいものはない。立佳は、うっとりと目を伏《ふ》せた。

彼に抱かれるときは、なるべく目をつぶるようにしている。少しでも、玲に近づくために。

「ここは、ずいぶん柔らかくなったな」

淫《みだ》らに綻びはじめた立佳のつぼみを、隆一は優しく弄《いじ》る。立佳の体になるべく痛みを与えないようにと、気を遣ってくれているようだ。それだけで十分。彼が自分のことを大事にしてくれているように思えるからだ。

「隆一さんが、してくれるからだよ」

はにかみながら、立佳は呟く。声は甘く融《と》けるようだった。

「痛くはないのか？」

「うん……気持ちいい……」

立佳は、ほぅっとため息をつく。

隆一のひとさし指が、一本ずつ立佳の中に入りこんできた。

同じ手の指じゃないせいで、ぴたりと添《そ》うことはなく、隙間《すきま》がどうしても空《あ》いてしまう。お湯が伝《つた》って、流れこんでくる。

立佳は、小さく身震《みぶる》いをした。形のないものに襞《ひだ》をなぞられる感覚は、独特《どくとく》だ。体温がまた高くなった気がするのは、隆一の欲望を中で受けとめたときのことを思いだしてしまうからかもしれない。

「どうした?」

隆一は、立佳の少しの変化にも敏感だ。気遣うように尋ねて、立佳の耳たぶをくちびるにくるみこんだ。

「流れて……きた……濡《ぬ》れて……」

奥まで入りこまず、お湯は入り口を潤すだけ。でも、繊細《せんさい》な襞には強い刺激《しげき》になる。

「……気持ちいい……」

心地よさげに首を伸ばし、立佳は小声で呟く。

「そんなに、いいのか?」

「うん、すごく……」

「ここ……は?」

「あんっ」

立佳の腰が、ぴくんと跳《は》ねた。隆一が、立佳の柔らかな襞に囲まれた、一番感じやすいところを弄《いじ》くりだしたからだ。

「ん……っ、そこ……あ、いい……隆一さん、気持ち……い……い……っ」

立佳の呼吸は荒くなり、悦びがくちびるから溢《あふ》れてしまう。その場所への刺激は、欲望を直接弄られるよりも強烈だった。

「熱いな」

「うん……すごく……あ………っ、あぁっ」

立佳の体が、小刻みに震えはじめる。中で感じることを強く望んでいるせいか、立佳のその場所はとても敏感だった。しこりを潰《つぶ》すように、爪を立てられても感じてしまう。貪欲で、淫らな体だ。

隆一の指先は巧《たく》みに動くが、浅い場所への刺激しか与えられない。体勢を考えるとしかたがないのだが、もどかしくてどうしようもなかった。

「……っ、隆一……さん…………」

「どうした？」

「もっと……なか………」

彼を深く奥まで沈められたくて、立佳は腰を揺らめかせる。

「これ以上は無理だ」

「でも……っ」

まだ触れられてもいない奥が、うずうずしている。早くそこを擦《こす》りたてられ、隆一にいっぱいにしてもらいたい。切実《せつじつ》すぎるほどの願いだった。

「……りゅう…いち……さん……、ください、中に……中でいきたい、なか……っ」

必死の想いでせがみつづけると、隆一は小さく息をついた。

「立佳……」

「……あ…」

　ぴくんと、立佳の肩が跳ねる。隆一の指が、静かに引き抜かれていったからだ。

　隆一は立佳の腰を両手で支えると、双丘の狭間へと、熱いたかぶりを押し当ててきた。

「……力を抜けるか？」

「ん……」

　立佳は、大きく息を吸う。吐く。そして、下肢から力を抜いていく。

「入れるよ」

　耳たぶの後ろから、優しい声が聞こえてきた。

「来て、隆一さん」

　震えるくちびるでせがむと、隆一のものの先端が、立佳の小さなつぼみへと押し当てられた。そして、じわじわと奥へ入りこんでくる。

「……ん、く……っ、……なか……来てる……」

　粘膜《ねんまく》を擦られると、たまらなくいい。立佳は、熱い吐息《といき》をつく。

　触れられないままになっていた立佳のものは、どんどん硬く大きくなっていった。下腹《かふく》にくっつきそうになるほど、頭をもたげている。痛いくらい熱い。

「……あ………いい……」

　欲望の先端に、透明の滴が盛り上がっているのがわかる。少し腰が揺れると、すっと熱いものを伝って落ちていく。そしてまた、次がぷくりと盛り上がる。ひっきりなしに溢れてきて、止まらない。

「……あ………ん………っ、気持ちいい…………もっと…」

タイルの表面に爪を立て、立佳はつるりと滑りそうになる。体勢が崩《くず》れきってしまわないのは、太いものが中に食いこんでいるせいだ。隆一とつながっているのだと強く実感して、悦びが次から次へと溢れてきてしまう。

「もっと…なか……」

奥深くまで抉《えぐ》るように突かれ、激しく抜き差しされたい。柔らかな襞に埋《う》もれた悦びの源を、きつく苛《いじ》めてほしかった。

――中で、いけるかな……。

熱で頭がぼうっと痺《しび》れてくる。自分を貫《つらぬ》く隆一の存在だけが、リアルだ。それは、なんて幸せなことなんだろう。

貫かれることで達《たっ》するのは、とても難しい。けれども立佳は、なによりもそれを望んでいた。

「もっとして、奥まで来て……っ」

声を振りしぼってねだると、一気に奥まで突かれる。大きく背中がたわんだが、隆一がしっかりと胸元に抱きしめてくれた。

「……ん、あ……」

「大丈夫か？　立佳」

あくまでも立佳を気遣う隆一に、立佳は何度も頷《うなず》いてみせる。

「ん……もっと…」

立佳は腹部《ふくぶ》に力を入れて、隆一を締《し》めつけた。敏感になっている粘膜が、びくびく震えてしまう。たまらなくいい。気持ちいい。

「……中、熱いな」

「……っ、ん……りゅういちさん…も……」

隆一は掠れた声で呟くと、立佳の中を積極的に攻《せ》めはじめた。

つながったままの腰が揺らめき、前後へと大きく振れたかと思うと、弧《こ》を描くように回される。突き入れられる瞬間の、息が詰《つ》まるような感じがいい。

「……ん、いい……なか…隆一さん……隆一さんがいっぱいで……っ、あ、あぁっ」

喉奥から、歓喜《かんき》が溢れる。立佳は悲鳴に近いような声を上げて、そのまま達してしまっていた。

隆一は細身《ほそみ》だが、筋肉がついていないというわけではない。引き締まった、バランスの取れた体格の持ち主だ。

彼の長身の上に、立佳は寄《よ》り添《そ》うように寝そべっていた。多少不安定なのに心細い感じがしないのは、彼の体つきがしっかりしているからだろう。

バスルームで抱かれ、綺麗《きれい》に洗ってもらったあとに、こうしてベッドルームに運ばれてきた。

まだ肌は火照《ほて》っていて熱く、パジャマに着替えるつもりもない。それに、もう一回くらいしてくれても……──立佳は、ぴったりと下肢を隆一に添《そ》わせる。どうして、欲しいという気持ちには際限《さいげん》がないのだろうか。

「……大丈夫なのか？」

立佳の腰に腕を回し、隆一が尋ねてくる。

「うん」

立佳は隆一の胸元に顔を埋《うず》め、呟《つぶや》いた。

「気持ちよかった……」

「体に障《さわ》らないといいんだが……。すまなかったな。夢中になると手加減《てかげん》できなくなるようだ」

隆一の腕が、立佳の体に巻《ま》きついてくる。密着《みっちゃく》できるのが嬉しかった。

「俺がしたかったことだから、いいんだよ」

「……控《ひか》えたほうがいいのかもしれないな」

立佳の腰のラインを指でなぞりながら、隆一は呟いた。

「どうして？」

立佳の声の調子は、少し咎《とが》めるようなものになっていたかもしれない。

「……受験生だろう？」

隆一の声の調子は、穏《おだ》やかだった。けれども、少しだけ早口だ。立佳は、そこから嘘《うそ》を感じたような気がした。

けれども、なにも聞けない。

隆一は今、どういう顔をしているのだろうか？　立佳にはわからない。目をつぶったままだ。

彼を「隆一さん」と呼ぶときは、立佳は玲の代わりだ。少しでも彼女に近づいていたかった。いつまでも、隆一が立佳を求めてくれるように。

「ちゃんと勉強はしているよ」

立佳は、小さく呟いた。

隆一と関係を持ったことで、立佳は彼のもとを出る理由を失ってしまった。それどころか、体を重ねるごとに、彼の傍《そば》から離れたくないという想いが募《つの》っていく。

立佳はバイトを完全に諦め、進学をするための受験勉強をはじめた。樋川《ひかわ》と隆一がどんな話をしたのかわからないが、少なくとも樋川が説得《せっとく》に失敗したことは確実だ。隆一の気持ちに、変わりはないようだ。

受験生になったとはいえ、元から高望《たかのぞ》みするつもりもない。積極的に進学したいという意識もなかったのだから。

伝統のある大学の経済系学部《けいざいけいがくぶ》を一応第一志望に置いているのは、就職のときに少しだけそこが有利《ゆうり》だからという隆一の薦《すす》めによる。それに、今の立佳の成績ならば、無理をしなくても受かりそうだ。

「隆一さんが仕事をしている間は、俺も勉強中」

立佳は、隆一の胸板《むないた》にそっと手のひらを這《は》わせた。

筋肉が美しくついたこの胸に、いつまでも抱きしめていてほしい。誰にもこの場所を譲《ゆず》りたくない。

――ずっと、ここにいたい。

立佳は、小さく頬ずりをする。

――隆一さんが、ずっと俺だけのものだったらいいのに……。

隆一が慰《なぐさ》めを必要とするかぎり、立佳はここにいるだろう。

でも、彼がいずれ立ち直り、他に相手ができてしまったら……――立佳は、小さく身震いする。そんなことは、考えたくもなかった。

――もっと触って。

立佳は、全身を隆一に押しつける。彼の体温を感じているせいか、全身がじんわりと熱くなっていた。

ぎゅっと抱きしめると、隆一は優しく髪を撫《な》でてくれる。

「どうかしたのか?」

「……もっと、隆一さんの傍に寄りたくなって」

「ここにいるだろう?」

「もっと……」

叶《かな》うことなら、いつまでもずっと隙間《すきま》なく重なっていたい。そうすれば、その間の隆一は立佳だけのものだ。

ずっと傍にいて、こうして何度も体を重ねつづけたら、少しくらい隆一が立佳自身を好きになってくれる日が来るのだろうか。愛してほしいとはとても言えないけれども、心の中でくすぶる願いはあった。

――本当に、僕は欲が深いな……。

立佳は、小さく息をつく。

――いつか、ばちが当たるかもしれない。

けれども今は、傍にいることの幸福《しあわせ》を噛みしめることしかできない。

「……立佳？」

隆一が、うかがうように立佳の名を呼ぶ。

「あ……っ」

立佳は、ぴくりと腰を動かした。触れあっている下肢の一部が熱を持ち、隆一の体と擦《こす》れている。

「……ごめんなさい、隆一さん」

欲しがりな体が恥ずかしい。けれども立佳は、ねだるように彼の胸元に口づけた。

「欲しくなってきて、それで」

「力を抜いていなさい。ここを」

肉色の欲望に触れようとした指先を、立佳は止めた。

「違う……。そっちじゃなくて、なかがいい……」

淫らすぎる願いを口にすると、隆一は少しだけ迷う素振《そぶ》りをみせた。けれども、やがて望みどおりのものが体内に入りこんでくる。

「あぁっ」

立佳は喉をのけぞらせ、顔を上げた。隆一に貫かれたばかりのそこは、綺麗《きれい》に洗いながされてはいるものの、余韻《よいん》が残っている。とても感じやすくなっていた。

「…………っ、りゅうい……ち………さん、隆一さん……」

隆一が弄りやすいように、立佳は少しだけ腰を上げる。早く慣らして。そして、また熱いもので貫いて……——溢れでる欲望に身を任《まか》せて、立佳はか細《ぼそ》い声を上げつづけた。

＊　＊　＊

翌日、立佳が目を覚ましたときには、すでに隆一は出勤していた。

立佳は慌《あわ》てた。いくら激しく抱かれたとはいえ、隆一を送りだすことができなかったのが、ショックだった。

慌てて携帯にメールを送ると、「よく寝ていたから起こさなかった。気にしないでほしい」という返事が戻ってきた。立佳はそれでも申しわけなくて、今日の昼はどうするのかと尋ねる。適当《てきとう》になにか買って食べると隆一は言ってきたけれども、立佳はお弁当を作って届けることにした。

「わざわざすまなかったな、立佳」

「ううん、お義兄《にい》さん。僕こそ、お弁当渡せなくてごめんね」

隆一の手にお弁当の包みを渡しながら、立佳は肩をすぼめた。忙しく働いている隆一の、身の回りのことは何でもやってあげたいと思っているのに。

立佳が樋川弁護士事務所に着いたのは、ちょうどお昼時だった。隆一の手が空《あ》いていたようで、直接手渡すことができた。

隆一は樋川弁護士事務所の四階に、部屋を構えている。いわゆる雇《やと》われ弁護士だが、待《たい》遇《ぐう》などに特に不満はないようだ。前職の実績を踏まえ、頭を下げられて迎えられたこともあり、雇われている身にしては、優遇されているのだろう。独立への色気もないらしい。

「ジュースでも、飲んで行きなさい。……ちょっと待っていてくれ」

言い残し、隆一は部屋を出ていく。

部屋の中に一人っきりになった立佳は、辺りをぐるっと見回した。そういえば、こうして隆一の部屋に通されるのは初めてかもしれない。

大きな書棚やデスク、そして応接セットなどが置かれている部屋は、綺麗に片づいていた。

そして、デスクには美しいカサブランカが飾られている。この部屋にまでも、隆一は玲への想いを持ちこんでいるようだ。

立佳の胸は、ずきっと痛む。

どれだけ激しく抱きあっても、彼は立佳のものにならないのだと、あらためて思い知らされたような気がした。

立佳は、花に顔を近づける。濃厚な花の匂い。まだ咲きはじめたばかりなのか、初々しい芳香だった。

花の影に隠れるように、フォトスタンドが置かれている。立佳は思わず、その写真を手にとってしまった。

玲の写真だと思っていたのに、意外にもそこには三人が写っていた。玲と、隆一と、立佳。玲は艶《あで》やかに笑っている。隆一と立佳が少し緊張した表情を見せているのは、結婚式のときの写真だからだろう。タキシード姿の隆一は、今よりも少し若い。立佳の肩にそっと手を置いてくれている。

――ずっと昔のことみたい。

立佳は複雑な思いで、写真を見つめる。

玲と隆一が結婚しなければ、立佳は隆一と一緒に暮らすことはできなかった。彼を好きになることも、そして彼に抱かれることも。

玲が隆一と結婚してくれて、よかった。たとえ今、どんなやるせない想いを抱えていたとしても、立佳はそう思う。隆一と無関係であるよりも、彼のために悩んだり苦しんだりしている今を立佳は選びたい。

「立佳、お待たせ」

隆一が、ジュースを持ってきてくれた。隆一自身が用意してくれたのは、立佳が私的な客だからだろう。彼はこういうときに、アシスタントの女性を使うような性格ではない。

「写真を見ていたのか」

立佳がフォトスタンドを持っていることに気づいた隆一の表情は、微妙な翳《かげ》りを帯びる。

立佳は慌てて、デスクの上にそれを戻した。

「ごめんなさい、お義兄さん。勝手に見てしまって」

「いや……。かまわないよ」

隆一は穏やかに微笑み、立佳の手からフォトスタンドを抜き取る。

「……懐かしいな」

ふと目を伏せた隆一の横顔には一抹の影が落ち、立佳の胸を淡く疼《うず》かせた。

＊　＊　＊

隆一の事務所に顔を出した帰り道、立佳は花屋に寄った。カサブランカがしおれかけていたことを、思いだしたからだ。

立佳や隆一の行きつけの花屋は、マンションの近くにある。洒落《しゃれ》た、大きな花屋だ。ホテルやデパートの内装《ないそう》を請け負《お》っていたりもするらしい。取引をしている市場《いちば》が多いのか、年中《ねんじゅう》さまざまな種類の花が溢《あふ》れかえっていた。

平日の昼近く。客足はまばらだ。立佳は慣れた足取《あしど》りで店内に入り、スタッフに声をかける。

「すみません、カサブランカをお願いしたいのですが……」

「はい」

きびきびと、華《はな》やいだ声で返事がかえってくる。

——姉さん……！

立佳は、思わずその場で声を上げそうになった。

たまたま振り向いたその店員は、亡くなった姉の玲によく似ていたのだ。

口元を覆《おお》ったまま立ち尽くす立佳を見て、女性スタッフは小さく首を傾《かし》げる。そのエプロンの右胸の名札は『古坂《こさか》』と記されていた。それでようやく、立佳は我にかえる。

「……お客さま？」

いぶかしげな声に、立佳は頬を赤らめた。いけない。玲がいるわけないのに……——それによく見ると、彼女の顔の作り自体は、玲には似ていなかった。メイクと髪型、そして雰囲気《ふんいき》のせいで、とても玲に似ているように思えたのだろう。

初めて見かける店員だ。

「あ、すみません……」

立佳は小声になって、あらためて彼女に頼んだ。

「カサブランカを、十本いただけますか」

「ありがとうございます」

彼女は丁寧《ていねい》に頭を下げると、てきぱきと花束《はなたば》を作りはじめた。

その仕草《しぐさ》を、つい立佳は視線《しせん》で追ってしまう。

——驚いた……。

まだ、心臓がどきどきしていた。

……隆一さんも、この店員さんに会ったのかな？

隆一は、立佳よりもよほど足しげく、この店に通っているのだ。彼女を見て、彼がなにを思うか……——想像するだけで、すぅっと背筋《せすじ》が寒くなってしまう。

玲に似た存在に、懐《なつ》かしさより恐怖《きょうふ》を感じていることに立佳は気づいた。

——俺って、最低の弟なのかも……。

立佳は重苦《おもぐる》しい気分になる。

彼女と隆一を会わせたくない。玲が持っていて、立佳の持っていない華やかさや雰囲気を持つ彼女に。

胸の奥に、苦い想いが野火《のび》のように広がる。

彼女が女性であることにすら、立佳は嫉妬《しっと》しはじめていた。

＊　＊　＊

その日、隆一は八時に帰ってきた。

「お帰りなさい、お義兄さん」

いつもどおり、玄関《げんかん》まで迎《むか》えに出た立佳は、彼が白い花束を抱《かか》えていることに気づき、立ちすくんでしまう。

「ただいま、立佳」

優しく微笑《ほほえ》んだ隆一は、立佳に花を渡そうとする。しかし、立佳は身動き一つできなかった。

「……どうかしたのか？」

隆一は長身を屈め、心配そうに立佳の表情を覗《のぞ》きこんできた。いつもと違う立佳の反応を、心配してくれているらしい。

立佳は、はっと我にかえる。そして、おずおずと尋ねた。

「お義兄さん、今日花屋さんに行ったの？」

「行ったが……。どうかしたのか」

「あ、ううん。実は俺も、花屋に行っちゃったから……」

花束を受け取るために、差しだす腕も強張《こわば》ってしまう。

立佳は、ばつが悪かった。隆一の顔を、まともに見られない。視線も、自然と伏《ふ》せがちになった。

「そうだったのか。かぶってしまったな」

「花がいっぱいで、賑《にぎ》やかでいいかも」

立佳は、ぎごちなく微笑む。

隆一はまだいぶかしげな表情をしていたが、立佳にカサブランカを渡した。咽《む》せるような花の香り。立佳は、窒息《ちっそく》してしまいそうになる。

「……あの花屋さんて、最近、新しい人入ったの？」

立佳は、ぽつりと呟《つぶや》いた。

「新しい人？」

「今日行ったら……。すごく綺麗《きれい》な女の人がいたから」

「ああ、古坂さんのことか。一カ月ほど前から店に出るようになったが、あそこのオーナーのお嬢《じょう》さんだ」

隆一の口からあっさり名前が出てきて、立佳はびくっと肩を震《ふる》わせる。どうしてそんな内々の話に詳《くわ》しいのだろうか。隆一は、決してうわさ話が好きな人ではないのだが。

――お義兄さんはまさか、あの人と仲がいいの……？

あれほど玲に似ているのだから、隆一が気にしてもしかたがない。もしかしたら、彼から話しかけたのかもしれない。

彼女から、隆一は花を買ったのだろうか？　玲に似た雰囲気の彼女が、カサブランカを持つ。そして、隆一に渡す……——その光景を想像するだけで、立佳は身動きできなくなる。恐怖が、足下《あしもと》から迫《せ》り上がってきそうだった。

——ずっと、このままでいたかったのに。

震えだす体をごまかすように、立佳はぎゅっと花束を抱きしめた。

ACT 6

——お酒、持っていっても平気かな。

リビングのサイドボードの前で、立佳《りっか》はうろうろしていた。

夏休みも、残りがどんどん少なくなっている。明日は金曜日で、隆一《りゅういち》は休日出勤《きゅうじつしゅっきん》の予定もないらしい。完全なオフ。少しくらい夜更《よふ》かししても、平気だろう。

夕食後、彼は書斎《しょさい》にこもってしまっている。

コーヒーを淹《い》れるか、アルコールを持っていくか。立佳は、考えこんでしまう。

隆一と立佳にとって、アルコールの存在はセックスとイコールで結びついていた。ところがここのところ、隆一はあまり酒に口をつけない。

彼の態度《たいど》は、立佳を不安にさせていた。どうして、隆一は立佳を抱こうとしてくれないのだろうか？　別に、露骨《ろこつ》に避《さ》けられているわけではない。それでも立佳は彼のささやかな変化に過敏になってしまう。彼との関係がかりそめのもので、たやすく揺らぐことを知っているからこそ。

隆一は「忙《いそが》しいから」と言っていた。たしかに、ここのところはずっと休日出勤をしているようだ。けれども、理由は本当にそれだけなのだろうか？

立佳の脳裏《のうり》をよぎるのは、カサブランカの花を持つ女性の笑顔だ。過去の女と現在の女が二重写《にじゅううつ》しになり、立佳を怯《おび》えさせる。

――駄目《だめ》だ、考えたら。

隆一と一緒に暮らしているのは、立佳だけだ。立佳にしかできない慰《なぐさ》めもある。

立佳はさんざん悩《なや》んだあげくに、書斎に向かった。

自分からせがむなんて、はしたないことかもしれない。けれども、彼が欲しくてたまらなかった。

抱かれることを知ってしまった体は、ときおり自《みずか》ら熱を持ち、疼《うず》きだす。その体を抑《おさ》えて眠るたびに、立佳はたとえようもない寂しさを感じていた。

――僕が姉さんと違うから、いやになってきたのかな。

弱気《よわき》が頭をもたげはじめる。

性別という壁《かべ》は大きい。致命的《ちめいてき》に、体の作りが違うのだ。そしてなにより、立佳には玲《れい》のような華やかさも美しさもなかった。

だから立佳は、自信がない。

体の温もりで隆一をつなぎとめられるかもしれないと、思ったりもした。けれども結局、無理だったのだろうか。隆一は決して享楽的《きょうらくてき》なタイプではない。もしかしたら、セックスに慰めを見いだすことに、空《むな》しさを感じはじめたのかもしれない。

そして何より……――立佳が気になってしかたがないのは、花屋の店員の存在だ。古坂《こさか》という あの女性。玲とどことなく似た、美しい人。

――あの人がいるから、俺のことはどうでもよくなってきたのかな。

今日も、隆一はカサブランカを買ってきた。あの古坂が彼のためにあつらえたのだろうか? 白く美しい指先が隆一に花を手渡すところを、立佳は想像する。胸が苦しくて、あさましいほどの嫉妬《しっと》がいっぱいに広がった。


小さく息をついてから、立佳は書斎のドアをノックする。中から返事があったのでドアを開ければ、隆一は長椅子に横たわり、本を読んでいた。

「どうした、立佳」

くつろいだ風情《ふぜい》の隆一は、穏《おだ》やかに微笑《ほほえ》みかけてくる。

「あ、うん……」

立佳は一瞬だけ、入り口で立ちすくむ。穏やかな表情を見せる彼に、自分のいやらしい欲望を告白することは気が引けた。

それでも立佳は、そろそろと隆一に近づく。そして、長椅子の傍《かたわ》らに膝《ひざ》をついて、尋ねた。

「お義兄《にい》さん、お酒飲まないの？」

消え入りそうな声で、立佳は囁《ささや》く。

隆一の顔を、とても見ていられない。立佳は視線を上げることができなかった。

「……ああ。ここのところ、夏バテしているみたいだ。体が、アルコールを受けつけなくてね」

あっさりした口調だ。隆一の指先は、立佳の髪に触《ふ》れる。まるで、怯《おび》える子どもをあやすかのように。

「受験勉強は進んでいるのか？」

「進んでるよ」

「それはよかった」

隆一の吐息《といき》が、立佳の茶色い髪を揺《ゆ》らした。彼が顔を近づけているのだと思うと、立佳はそれだけでどきどきしてしまう。

「立佳も、無理をすることはない」

低い声で窘《たしな》められ、立佳は小さく頭を横に振った。意味がよくわからなかったけれども、否定したほうがいいような気がしたのだ。

無理？　いったいなにが無理だと言うんだろうか。受験勉強が？　それとも……。

「私を慰めようとしなくていいんだよ」

隆一は静かに言う。

「最近は、前よりは気持ちが落ちついたみたいだな。よかった」

「……えっ」

「好きな相手とのことが、すっきりしたのか？」

自分のついた嘘を持ち出されて、立佳は口ごもる。その話をされると、なにも言えない。いまさら、否定もできなかった。

隆一は、立佳は他に好きな相手がいると信じている。そして、信じているからこそ、立佳を抱いたのだ。

隆一と玲のことで頭がいっぱいで、そのことは立佳の頭から抜けていたけれども。

——考えてみれば、お義兄さんが自分のことだけ考えて行動するはずがない……。

隆一は、玲の身代わりを必要としていたのだとは思う。けれども、それ以上になにをするかわからない義弟《おとうと》を、放っておけなかったのは間違いない。欲望を抑制するすべを知っている人なのだ。

「……私は、もう必要ないな」

本を閉じてしまった彼は、自嘲《じちょう》めいた口調になった。

彼は、立佳を抱いたことを悔《く》いている。

立佳との関係は、真面目な彼にとっては辛いものだったのかもしれない。また、保護者として責任も感じていたのだろう。

それにしても、どうしていきなり……——立佳の背中は、ぞくっと震えてしまう。

カサブランカの花束を持つ女性の姿が、まぶたの裏に思い浮かんだ。

——あの人かな。古坂さんのせいで、お義兄さんは姉さんを思いだして……。

胸の奥が、ひどく痛んだ。

——綺麗《きれい》で、姉さんに似た人。

いきなり現われたあの女性のことが、恨《うら》めしくてしかたがない。こんなのは逆恨《さかうら》みなのだと、立佳もわかっているけれども。

立佳は何度も大きく息をついてから、くちびるを引き結んだ。そうしないと、震えが収《おさ》まらなくなりそうだったのだ。

隆一は、立佳に労《いたわ》りまじりの視線を向けてくる。

そして、彼は苦い吐息をついた。

「恋愛ごとに、気の迷《まよ》いはつきものだ。一歩間違えると、取りかえしがつかなくなる。立佳も、気をつけたほうがいい」

「お義兄さん……?」

「特に若いころの感情は、気の迷いということもあるから」

隆一はなんの話をしているのだろうか？

彼の横顔は、とても寂しげだ。瞳は憂《うれ》いを含み、じっと空《くう》の一点《いってん》を見つめている。いったい、どんな感情が彼にこんな表情をさせるのだろう。

立佳は、じっと隆一に視線を注《そそ》ぐ。

隆一は、黙《だま》りこくってしまう。その表情には翳《かげ》りがあった。

玲を失った哀《かな》しみは、彼を憂愁《ゆうしゅう》の人にしてしまった。けれども今の翳りは、哀しみから生まれたものとはまた少し違う気がする。上手《うま》く言葉にできないのだが、もっと暗い感情が含まれているような気がした。

彼の横顔は、とても孤独《こどく》だ。

――こんな顔をしている人を、一人にさせられない……。

立佳は、おずおずと話しかけた。

「……ここにいてもいい？」

隆一の手に自分の手を添《そ》え、立佳は尋ねる。

「お義兄さんの隣《となり》に、いてもいいかな。こうやって」

どうしたら、隆一の気持ちが晴《は》れるのかわからなかった。けれども、せめてもの想いをこめて。

「……ああ」

隆一は、小さく頷《うなず》いた。

隆一の手は温《あたた》かだ。彼の温《ぬく》もりを味わうように、立佳は指先に力をこめる。

隆一は、立佳と一つになろうとしてくれない。おそらく、もう二度と。

隆一の抑制的《よくせいてき》な性格がもどかしい。

——僕がもっと姉さんに似ていれば、求めつづけてくれたかな……。

体温は近いが、彼をとても遠くに感じる。奥深い粘膜同士《ねんまくどうし》を擦《こす》りあわせる、濃密《のうみつ》なつながりを知っている体が、物足りなさのあまり切《せつ》なく喘《あえ》ぎそうになる。

書斎はやや狭いせいか、カサブランカの香りが濃厚だ。なまめかしい花の香りは、亡くなった人の残り香。立佳は今にも窒息《ちっそく》させられてしまいそうだった。

＊　＊　＊

夏休みの最終日。立佳は買い物の帰りに、花屋に寄ることにした。

——お義兄さんに、連絡入れておかなくちゃ。

携帯を取りだして、立佳はメールを打つ。花は立佳が買ったから、隆一が補充《ほじゅう》をする必要はない、と。

このところの立佳は、躍起《やっき》になって花屋に通っていた。

それもみんな、隆一と古坂を会わせたくないからだ。

この間の夜の言葉は、実《みの》りのない関係に対する隆一の決別《けつべつ》だったのだろう。彼は、すっかり立佳に手を触れなくなった。

よそよそしいというわけじゃない。前のように、優しく接してくれる。けれども、体の関係はない。

隆一が、不毛《ふもう》な関係を続ける気にならないというのであれば、まだいい。それよりも立佳が怖《おそ》れているのは、隆一に自分以外の相手ができることだった。

たとえば、古坂のような。

だから立佳は、隆一と古坂が会う機会を奪《うば》うように、花屋に通いつめはじめた。どうしても、彼女だけは駄目だ。玲に似ている人を、隆一に近づけたくない。

隆一は再婚《さいこん》をしないと言っているが、古坂相手では話が違ってくるような気がする。

——なんとかして、僕があの人くらい姉さんに似《に》る方法はないのかな。

立佳は考えこむ。

あの華やかさや明るさを、立佳も身につけたいが、すぐには無理だ。せめて、見た目だけでももう少し、玲に似れば……。

立佳の足取《あしど》りは、重いものになる。

こんな気分で、古坂の顔なんて見たくない。それでも、隆一を花屋に近づけたくないという意地《いじ》だけで、立佳は足を動かした。

しかし、その日は店頭《てんとう》に古坂の姿はなかった。立佳はどことなくほっとして、カサブランカを手に店を出る。

ところが、いきなり思いがけない人と鉢合《はちあ》わせしてしまった。

「……実承《みつぐ》先生！」

立佳は、目を丸くする。

「立佳くんじゃないか」

隆一の同僚《どうりょう》である樋川《ひかわ》は、少し眉を上げた。

「こんなところで会うとは、思わなかったな。夏休みの最初のころには、すまなかった。隆一を説得すると言って、失敗してしまって」

「あ、いいえ……。それは、大丈夫です」

立佳は、にこっと微笑む。

「進学することに決めたと、隆一から聞いたが」

「一応……」

立佳は言葉を濁《にご》す。

最近の隆一との微妙《びみょう》な関係を考えると、やはり就職したほうがいいような気がしてくる。

けれども、なかなか言いだせない。

「……結局、隆一は君を手元に置いておきたいってことか」

樋川は、独り言のように呟く。

「まったく、あいつは……」

「義兄《あに》は、寂しいんだと思います」

立佳は、小さく微笑む。

隆一が立佳を手元に置いておきたいと思っているとしたら、これ以上嬉しいことはない。

隆一と話しあったらしい樋川の言葉だからこそ、立佳は頬を染《そ》めた。

「君は、それでいいのか?」

「え……っ」

「一人暮らししたいんじゃなかったのか?」

「……それはそうですが……」

立佳は、言葉を濁す。今となっては、離れたくないという想いが強い。古坂への対抗意識もあるかもしれない。どうにかして、また隆一が立佳を抱いてくれやしないかと、そればかり考えているのだ。

諦めなくてはいけないのに、思いきれない。あさましい気持ちが、立佳の胸には満ちていた。

「……ごめんなさい。実承先生。僕、まだいろいろ迷っていて」

「いや、それはいいんだが」

樋川は、声の調子を変えた。

「今日は買い物か？」

「はい。家に飾るための花を……」

立佳は、カサブランカを腕にしっかりと抱きしめる。

「あいかわらず、家の中のことに細かく気を配っているんだな」

「僕には、これくらいしかできないから」

「……白い花は、君のイメージだな」

樋川は小さく呟いた。どことなく思わせぶりだ。

立佳は首を傾げる。

「実承先生は、どうしてこちらに？」

「ああ……。ここのショップには、事務所のグリーンをお願いしているんだ」

どうやら、樋川弁護士事務所とは、不思議に縁《えん》がある花屋らしい。

しかし立佳は、偶然《ぐうぜん》を珍《めずら》しがるよりも、怯《おび》えてしまう。古坂と隆一の接触の可能性が増えてしまうのが、いやでしかたがなかった。

——僕には、そんな権利はないのに。

胸のざわつき。焦《じ》れるような、この感じ。まぎれもなく、立佳は古坂の存在そのものに嫉妬《しっと》している。

けれどもこれは、不当《ふとう》すぎる嫉妬だ。だって、隆一は立佳のものではないのだから。

それなのに、胸は疼《うず》く。本人の思いどおりにならないから、心は残酷《ざんこく》だった。

「……立佳くんが、女性だったら」

黙りこくっていた立佳をつくづく眺めていた樋川は、小さく呟く。

「玲さんにそっくりだったんだろうな」

「……」

どきりとする。

立佳は、わずかに視線を上げた。

「あの、実承先生」

「どうかしたのか？」

「この店に……」

言いかけて、立佳は口を噤《つぐ》む。へんに樋川に意識されるのはいやだ。それが、隆一にも伝わるかもしれないし。

「あ、なんでもないです」

立佳は、小さく肩を竦《すく》めた。

「……僕は女でも、姉さんにあんまり似ていなかった気がします」

「そうだろうか。君は男だから化粧《けしょう》なんてしないだろうが、したら似ると思う。そのていどに、近い顔立ちをしている」

そう呟いた樋川の口調は、どことなく重苦《おもぐる》しい。なにか、考えこんでしまっているようだった。

——化粧、か。

立佳は、ふと思いだす。

そういえば、古坂ももともとの顔の作りが玲に似ているわけではない。化粧と髪型、そして本人の持つ雰囲気が玲と近いのだ。

——僕でも、姉さんに近づくのかな。

ふいの思いつきが、立佳を捕《と》らえる。本当に、馬鹿みたいな考え。けれども……——立佳は、それに縋《すが》りついてしまった。

もう一度、隆一に抱きしめてもらうために。

＊　＊　＊

家に帰っても、隆一はいない。まだ仕事だ。わかってはいるのに、立佳は慌てて自分の部屋に駆《か》けこんで荷物を置く。

そして、花を活《い》けてから、ゆっくりとした足取りで自分の部屋に戻った。

ベッドの上に放りだしたのは、ファッションブティックの紙袋。そして、口紅《くちべに》の小箱《こばこ》。どちらも、プレゼント用にラッピングされている。

立佳はおそるおそる、紙袋から紙箱を取り出した。ロゴが入っているその箱は、立佳にはとても馴染《なじ》みがある。玲が愛用《あいよう》していたショップのものだった。

馬鹿みたいな思いつき。玲と同じ格好《かっこう》をしたら、もっと彼女に似るのではないかという……――そのために、バイト代もはたいてしまった。

箱の中にきちんと折りたたまれていた服を取りだす。玲は元モデルだけあって、自分のプロポーションには自信があったのだろう。襟元《えりもと》のカットラインは胸を強調し、腰は思いっきり細さが出るデザインのワンピースを好《この》んで着ていたものだ。

立佳が買ってきたのも、ワンピースだ。「姉のものです」と言ったら、ショップスタッフが感心したように、一緒に選んでくれた。

嘘をついたような、本当のことを言っているような微妙な心地《ここち》で、立佳は買い物をしてきたのだった。

だって、これが立佳のものではないことは本当だ。玲のものだ。玲になるために、立佳は装《よそお》うのだ。

立佳は自分の服を脱ぎ、買ってきたばかりのワンピースに袖《そで》を通す。玲に似合いの、鮮《あざ》やかな色。着心地《きごこち》は柔《やわ》らかだ。

ジッパーを上げてから、立佳は部屋の鏡《かがみ》の前に立つ。

どきどきして、鏡を覗《のぞ》きこんだが……——言葉も出ない。

「……っ」

立佳は、思わずスカートを握《にぎ》りこんでしまった。

そこにいたのは、玲とは似ても似つかない、みすぼらしくて醜《みにく》い誰かだった。

もっとも、醜いのはしかたがないのかもしれない。だって立佳の胸の中は、玲への嫉妬で無茶苦茶《むちゃくちゃ》になっている。これが、表情に出ないはずがない。純粋《じゅんすい》な喜びとともに美しく装っていた、玲とは全然違う。

細身の立佳の体に、ワンピースははまっていた。けれども、着られたらいいというものではないということを、立佳は実感する。ぺちゃんこの胸元は皺《しわ》が寄って布地がたるみ、短めのスカートから飛びでた足は細いが筋《すじ》が張《は》っていた。

どうしようもなく、男の体。身にまとっているワンピースが美しければ美しいほど、みっともないのを通りこして滑稽《こっけい》ですらあった。

全然、似合っていない。

哀《かな》しくなるくらいだ。

——最悪……。

鏡は真実を映《うつ》しだし、とりついていた馬鹿な考えをはがし落としていく。

格好だけ真似たって、無駄だ。立佳は男で、玲にはなれない。

絶対に、玲にはなれないのだ。

「……みっともないなぁ……」

小声で呻《うめ》いた立佳は、その場に座りこんでしまった。わかりきっていたことを、行動でたしかめずにはいられなかった自分が、本当に馬鹿みたいだ。

こみあげてくるものがあって、立佳は両手で顔を覆《おお》う。

口紅も買ってきたけれども、つけてみるまでもない。絶対に、似合わない。玲にはなれないに決まっている。

立佳に玲のかわりがつとまるわけがないのだ。

泣いたらよけいに惨《みじ》めになる。わかってはいたけれども、立佳の目の奥は熱くなり、大きな目の縁《ふち》は濡《ぬ》れはじめてしまった。

目元は手のひらで覆っているものの、指の隙間《すきま》から透明《とうめい》の滴《しずく》が溢《あふ》れる。止まらなくなってしまう。

どうやったって、立佳は玲になれない。

玲のように、隆一に愛されることもないのだろう。

たとえ体をつなぎあわせたとしても、それはかりそめのものなのだ。まやかしだ。

立佳の肩は、嗚咽《おえつ》をこらえるように震える。
哀しくて、苦しくて、どうしようもなかった。

ACT　7

　二学期が始まると、いくらのんびりした学校でも受験一色《じゅけんいっしょく》に染《そ》まる。なにかと騒《さわ》がしいことも多く、あっというまに二週間ほど過ぎた。

「結局、進学なのか」

「うん」

　新学期早々《そうそう》の進路希望調査《しんろきぼうちょうさ》の紙を立佳《りっか》が小杉《こすぎ》に見せると、彼は目を丸くしてしまった。

「お義兄《にい》さんと、約束したから」

　立佳は小声になる。

　約束というよりも、立佳の心の中での一方的な誓《ちか》いだった。

　立佳は、玲《れい》を失った隆一《りゅういち》の心を慰《なぐさ》める。

　そして立佳は、隆一の体を手に入れる。

　夏休みにはじまった関係は、あっというまに消えかけている。それでも立佳は、わずかな可能性に縋《すが》りつくような気分だった。

　きっぱり諦《あきら》められればいいのだろうが、少し手を伸ばせば届きそうな位置に大好きな人がいるのだ。たとえ今は触《ふ》れられなくても、その距離が立佳をみっともなく期待へと縋りつかせた。

「なにかあったのか？」

「……いろいろなことがあったよ。なんだか、短い夏休みだった」

「へえ……。バイトもしていなかったんだろう？」

「お義兄さんに迷惑かけたくないから」

立佳は肩を竦めた。

あいかわらず、隆一のことは好きだ。

たとえ、彼と抱きあうことがなくなっていても。

——僕が、もっと姉さんに似ていたら。

浮かんだ想いは、頭を横に振って打ち消す。玲に似ようとあがくことがどれほど惨《みじ》めなことなのか、立佳は思い知っていた。

今はせめて、傍《そば》に寄り添うことで隆一の慰めになりたかった。これまで以上に、マンションが彼にとって安らげる場所になるようにと、立佳は家の中の仕事をこなしている。立佳の想いに応《こた》えるかのように、隆一はあいかわらず、できるだけ早く帰ってきてくれているようだった。

最近、隆一は花屋にも行っていないはずだ。

だって、立佳が花屋に通いつめているのだから。

古坂《こさか》というあの女性は、昼間から夕方にかけて店に出ているようだ。立佳のような年頃《としごろ》の人間が、足しげく花屋に通うのも珍《めずら》しいようで、彼女は興味津々《きょうみしんしん》で立佳に声をかけてきた。

今ではすっかり立佳と古坂は顔見知りになり、話もする。話してみれば、気さくで人なつっこい人だ。そういうところも、玲によく似ている。決して、悪い人じゃない。だからこそ、立佳は不安になる。

どうしても、隆一と彼女を近づけたくない。

こんなことを考えている立佳は、とても醜《みにく》いと思う。ほの暗い感情が胸から溢《あふ》れだし、止まってくれないのだ。こんな自分は最低だ。間違っていると思う。それなのに、立佳は自分を止めることができなかった。

「家のことをちゃんとしていたら、あんがいあっという間に時間がすぎるよ。……今日は夕飯の買い物のついでに、花屋に行くんだ」

立佳は、ぽつりと呟《つぶや》いた。

「花屋？」

「家に飾《かざ》る花をね」

「おまえんとこ、男所帯だろ？　まめだな……」

「姉さんの好きな花だよ」

立佳は、ひっそりとため息をついた。

立佳も隆一も、二人して死んだ女性に囚《とら》われている。

＊　＊　＊

学校帰り。制服姿で花屋に顔を出すと、古坂は艶《あで》やかな笑みを浮かべて立佳を迎《むか》えてくれた。胸元《むなもと》に店名が入っただけのシンプルなエプロンをつけているのだが、人目《ひとめ》を惹《ひ》く華が彼女にはあった。

「いらっしゃいませ、立佳くん。今日もいつものとおりでいいかしら」

「三本お願いします。……なんだか、書斎《しょさい》だけ傷むのが早くて」

「温度と湿度《しつど》の関係かもしれないわね。こまめに風を入れるようにしたら、少し違うかもしれないけれども……。昼間誰もいないと、なかなか難しいわね」

古坂はカサブランカを三本まとめたて花束《はなたば》にしようとしたが、ふとなにかに気づいたかのように手を止める。

「……どうかしましたか？」

「いつも来てくれるから、おまけをと思って」

軽く肩を竦《すく》めた彼女は、カサブランカと花々を見比《みくら》べる。そして、ピンク色のシンビジウムを二本花を挿《さ》している容器から抜《ぬ》いた。

「これなら、合うかしら」

「そ、そんな……っ、すみません」

立佳はさすがに慌《あわ》てた。今日は三本しか買ってないのに、おまけをつけてもらうのは申しわけない。しかも、売れ残りでもなさそうだ。

「気にしないで。……でも、他のお客さまには内緒《ないしょ》ね」

古坂は、軽く片目《かため》をつぶった。

「立佳くんねぇ、他の常連《じょうれん》さんにも評判《ひょうばん》なの。どこの子だろうって。隆一さんもそう。あの弁護士《べんごし》さんに会うためにって、ここに通ってくる人もいるみたい。だから、そのお礼も、ね？」

「隆一さん……」

立佳は、思わず息を呑む。彼女が、下の名前で隆一を呼んだのは衝撃的だった。

彼女はやはり、隆一と親《した》しくなっていたのだろうか。

「義兄《あに》は、よく古坂さんと話をするんですか」

「そうね。お世話になってるわ」

古坂は、淡《あわ》く微笑《ほほえ》む。

「最近、お花を買いにいらっしゃらないそうね。お元気？」

「……あ、あの、仕事忙しくて、それで」

立佳は、言いわけじみたことを口走《くちばし》ってしまう。

この店は夜の十時まで開いている。隆一でも、その気になれば寄れる時間なのだ。立佳の言葉は、少し言いわけじみていたかもしれない。

――隆一さんって、呼んでるんだ。

立佳の胸が、じりじりと焦《こ》げはじめる。

もちろん、古坂はなにも悪くない。

悪くはないのだが……――彼女の華《はな》やかな笑顔を見る目が険《けわ》しくなりそうで、立佳は思わず俯《うつむ》いてしまった。


花束を受け取り、会計をすませた立佳だが、なんとなく帰れなかった。隆一と古坂は、どれだけ親しいのだろうか？　そのことが気になって、しかたがない。どうしても、たしかめてみたくなってしまう。

「古坂さん、あの……」

「ありがとうございました」と言いかけた古坂の言葉の先を塞《ふさ》ぎ、立佳は話しかける。

「どうかしたの？」

「義兄は、古坂さんとどんな話をしたんですか？」

「え？」

古坂は、さすがに不思議そうな表情になる。

——しまった……。

立佳は慌てた。さすがに、自分の尋ね方がまずいことには気づいたからだ。慌てて、フォローを口にする。

「えっと、実は義兄は、夏前から疲《つか》れてるみたいなんですが……。あんまり自分からそういうことを言う人じゃないから。もしかしたら、古坂さんはなにか話を聞いていないかと思ったんです。ほら、こういうのって、何気《なにげ》なくのほうが話題にしやすいでしょう？　義兄は家で、仕事の愚痴《ぐち》とかをこぼす人じゃないんです」

「あら、そうなの？　お元気そうに見えたけれども……」

古坂はまばたきをする。一本一本がくっきりした長いまつげが、せわしく上下《じょうげ》した。

「それにしても、本当に仲がいいのね。血のつながりはない兄弟だって聞いていたけれども」

ふふっと、古坂は笑った。

「姉が亡くなったあとも、僕によくしてくれていますから」

立佳は、俯きかげんになる。

「隆一さんも、立佳くんのことがきっと大切なんでしょうね」

彼女はふいに、立佳の耳元にくちびるを近づけてきた。

「あのね」

なにか言いかけた古坂だが、立佳は最後まで聞くことができなかった。いきなり、強く腕を引っ張られたからだ。

「痛っ」

思わず声を上げると、うろたえたような声が聞こえてきた。

「……すまない」

「お義兄さん！」

立佳は目を丸くする。

腕を引っ張ったのは、隆一だった。

「どうしてここに？　まだ仕事中だよね」

隆一の胸元に輝く向日葵《ひまわり》と天秤《てんびん》の金色のバッジを見つめて、立佳は首を傾《かし》げる。

「ああ……」

隆一は、あいまいな返事をした。

「立佳、鈴菜《すずな》さんも仕事中なんだ。早く失礼しなさい」

「鈴菜さん？」

最初誰のことかわからなかった立佳だが、はっと気づく。古坂のことだ。

名前で呼びあうほど、彼らは親しいのだろうか？

胸がずきずきしはじめる。

――姉さんに似ている女の人だから？

隆一は、もの問いたげに隆一を見上げた。

やはり隆一の心を掴《つか》むのは、玲のように華やかな女性だけなのだろうか。

隆一は、彼らしくもない厳《きび》しい表情をしている。いったいどうして？　まるで、責《せ》められているような気分にすらなった。

「お義兄さん……？」

震える声で立佳が呼びかけると、隆一ははっと我にかえったような表情になる。そして、肩で大きく息をついた。

「すまない、なんでもない。……痛かったな」

先ほど乱暴《らんぼう》に掴んだ腕を、隆一は、そっと撫《な》でてくれた。

「平気だよ」

立佳は、あらためて花束を抱《かか》えなおす。

隆一は、眼鏡《めがね》の向こう側の瞳を細めた。なにか憂いめいた感情がその黒い瞳に過《よ》ぎった

気がしたけれども、立佳にはその正体がわからなかった。

＊　＊　＊

その夜。隆一は帰ってくるなり、玄関《げんかん》まで出迎えた立佳を抱きすくめた。

「お義兄さん、どうしたの」

立佳は目を丸くする。

片腕で立佳の腰を抱き寄せたまま、隆一は眼鏡を外してしまう。いつもならフレームが曲がらないように気をつけるのに、彼らしくもない荒々《あらあら》しい仕草《しぐさ》だ。彼の中から雄《おす》の顔が零《こぼ》れたのを感じて、立佳はどきどきしてしまう。

スーツの胸のポケットに眼鏡を突っこんだ隆一は、両腕で立佳を抱きすくめてきた。求められている？　立佳の胸は、喜びで満ちる。彼に、こんなふうに触れてもらえるのは、いったいいつ以来だろうか。

「……隆一さん？」

甘えを滲《にじ》ませた声で呼ぶと、彼は無言《むごん》でくちびるを塞《ふさ》いでくる。いつもよりずっと荒々しい、激しい口づけだった。

「……っ、ん………」

立佳は、息を咽《む》せさせる。

どうしていきなり、隆一がこの行為に走ったのかはわからない。けれども、ずっと触れられることを待ち望んでいた体は、素直に悦《よろこ》んでいた。

――お酒飲んできたのかな？

立佳は、内心首を傾げる。

おかしい。キスからはアルコールの香りがしないのだが。

アルコールを飲むことで理性のたがを外さないかぎり、立佳を抱くということへの抵抗《ていこう》が隆一の中では大きいはずだ。

それなのに、今日はなぜ……――疑問《ぎもん》は浮かぶけれども、熱い口づけと力強い腕の力が、すべてをさらっていった。


「……っ、ん……、だめ……」

玄関の壁に手をつき、立佳は軽く身震《みぶる》いする。

隆一の行為は性急《せいきゅう》だった。キスで高められた体は、そのまま玄関先で肌もあらわにされていく。

立佳を背中から抱きしめた隆一は、下肢《かし》へと手を滑《すべ》らせていた。立佳の感じやすい場所は、すでに暴かれている。引き下ろされた下着とジーンズが、立佳から体の自由を奪《うば》っていた。

「そこ……は…っ」

はしたなく形を変えたものに触れられることに、立佳はいまだに抵抗がある。たとえ玲のかわりは無理だと痛感《つうかん》したあとでも、なるべく彼女に近づきたいという思いにはかわりはなかった。

しきりに身じろぎするのだが、隆一はそこから手を離さない。立佳の体を、高めていこうとする。

「……舐《な》めてやろうか?」

隆一らしくもない、淫《みだ》らなことを囁《ささや》かれ、立佳の頬《ほお》はかっと熱くなる。そして、大きく首を横に振る。

「だ、だめ、絶対に……!」

「どうして」

「僕、お風呂にも入ってないし……」

「気にしない」

「それに、そこよりも……」

立佳は、自分の下肢を庇《かば》うように手を這《は》わせた。

「ここより、気持ちいいところが」

「こちらにほしいのか？」

隆一の細い指が、立佳のつぼみへと触れた。

「あぁっ」

立佳は、軽く背中をしならせる。そこに触れてもらえるのは、本当に久しぶりだ。悦びで、全身が騒《さわ》いでしまう。

「……そんなに、ここがいいのか？」

「うん……。そこが一番好き」

熱にうなされるまま、立佳は呟く。嘘じゃない。大好きな隆一と一つになれる場所だから、一番好きなのだ。

「……そうか」

小さく呟いたかと思うと、隆一はいきなり屈《かが》みこむ。そして、立佳の臀部《でんぶ》を左右に割りひらき、その奥を露出《ろしゅつ》させ、くちびるをつけてしまった。

「だめ……！」

立佳は、上擦《うわず》った声を上げる。

「お風呂入ってない……から…」

「そうだな。立佳の味が濃《こ》い」

「ちが…う……きたない………」

立佳は、啜《すす》り泣くような声で呟く。

舌が潜《もぐ》りこんでくる。もともと、粘膜《ねんまく》は接触に弱い。立佳は膝《ひざ》を内側に向けたまま屈《かが》みそうになり、両手で壁に縋《すが》った。

「……あ、だめ……そんな…しちゃ………」

「……久しぶりだからかな。少し硬い」

「ん……っ」

立佳は顎《あご》を上に向け、ふるっと小さく頭を振る。

「そこ……駄目だよ、そんな……あ…」

露出させられたつぼみに、肉厚《にくあつ》の舌が触れる。ざらりとした舌の表面を感じるほど押しつけられ、舐《な》められてしまった。

隆一が久しぶりに触れてくれていると思うと、たまらなく興奮してしまう。立佳は大きく肩で息をつきながらも、感じきっていた。

「……ん、いい………いいよ……」

腰を揺らめかしながら、啜り泣きまじりの息をつく。本当に、どうしようもなくいい。もっと奥まで欲しくなる。

ぬちゃりと、濡れた音が狭間《はざま》から漏《も》れはじめる。隆一の唾液《だえき》が、立佳の欲しがりな場所を濡らしてくれるのだ。大好きな人が手ずからほぐして、綻《ほころ》ばせてくれている。その先の行為への期待と相《あい》まって、立佳の胸は高鳴る。

隆一らしくない荒々しい行為でも、ただ彼に触れられているというその事実だけで、立佳は高ぶってしまっていた。

「あ……っ、も……っと………」

立佳の腰は、少しずつ落ちていきそうになる。

入り口の辺《あた》りしか舐めてもらえないのは、もどかしかった。さらにその奥にも欲しい。ここのところ与えてもらうことがなかった強烈《きょうれつ》な刺激《しげき》を求め、欲しがりな襞《ひだ》がうねりはじめている。

「おねがい、隆一さん……っ、奥までほし……い……」

立佳の中を舐めていた隆一は、ふと口を離した。そのかわりに、細い指が二本、一度に入ってきた。

「あぁっ」

舌よりも、指のほうが中まで届く。柔《やわ》らかな襞に潜《もぐ》りこんできた指先は、立佳の体の弱い場所を熟知《じゅくち》していた。淫《みだ》らに、執拗《しつよう》に動き、今日は少し乱暴《らんぼう》だった。その乱暴さがよくて、立佳は何度ものけぞった。

「……っ、いい……っ、気持ち…い……い……いっちゃう……っ」

「ここだけで？」

隆一が、彼にしては珍《めずら》しい、意地《いじ》の悪い口調になる。

「いやらしい子だな、立佳は。中だけでいくのか」

「うん……、なかだけでいっちゃう」

立佳は啜《すす》り泣きながら、何度も頷いた。どうして言葉でまで苛《いじ》められるのかわからないが、彼らしくないいやらしい口の利《き》き方《かた》にまで、体がどうしようもなく高まっていく。

「立佳は男の子なのに、な。すっかり、ここは女の子だ」

「ひ……っ、あ、だめ……！」

立佳の中を指で突きながら、隆一はひそやかに嗤《わら》う。彼とは思えないほどの、暗い感情のこもった声で。

「……もう、女の相手なんてとても無理だ」

隆一はいきなり、立佳の中で一番感じる場所を指の腹で押した。強烈な快感が、立佳の頭の芯《しん》まで貫《つらぬ》く。

「あ……あぁっ、隆一さん、そこだめ、そこ……！」

腰から下が、がくがく震えてしまう。立佳は悲鳴を上げた。

「だめ、立ってられないよ……っ」

「駄目、なのか？　それならば、やめておこうか」

意地悪く言葉を句切《くぎ》るように尋ねられる。

「や……っ」

熱い吐息《といき》を漏らして、立佳は呻《うめ》いた。

「やめないで」

「……立佳は、本当にここが好きなんだな」

「ん…ぁ、や……だめ、だめぇ………」

指の腹で突き上げられ、立佳は何度も上擦《うわず》った声を漏らす。たまらない。どうにかなりそうだ。下腹《かふく》から、痺《しび》れてしまう。

「や……ぁ…なの、だめなの、だめ…ぇ……!」

勃《た》ちあがってしまった立佳の性器《せいき》の先端《せんたん》から、透明《とうめい》の滴《しずく》が溢《あふ》れはじめる。そこはぶるぶる震えて、今にも弾《はじ》けてしまいそうだ。

「……なか、いっちゃう、なかだけで……や…ぁ……」

壁《かべ》に爪を立てるようにもがきながら、立佳は哀願《あいがん》する。

「……い、ねがい、いれて、隆一さん……っ」

「欲しいのか?」

「ん……ほしい、奥まで……。うんといっぱいにして」

隆一は無言《むごん》で立ち上がる。そして、立佳の腰を腕で抱《かか》えこんだ。

「あうっ」

臀部《でんぶ》の狭間《はざま》に熱いたかぶりを押しつけられ、立佳は小さく呻《うめ》く。

「……感じるか？」

「ん……、隆一さんのが……」

熱くて硬いものでつぼみを擦《こす》られ、立佳は身を捩《よじ》った。もどかしい。今すぐにでも、一気に貫いてほしい。

「……はやく…、はやくして、中まで来て」

「楽にしていなさい」

「あぁ……っ！」

立佳は甲高《かんだか》い悲鳴を上げた。

「……っ、や……なの、いいの、や………やぁ……ん……！」

「これがいいのか、立佳」

「うん……いい………きもちいい、中にきてる……ね…」

「そうだ」

「ん……っ、うれし…い………あ……あぁっ」

隆一のスーツの胸が、立佳の背中に密着《みっちゃく》する。ぐっと深くまでねじこまれ、立佳は声にならない悲鳴を上げた。

「奥くる、きてる、いっちゃう……！」

「いきなさい、どれだけでも。……立佳は、もうこれでしかいけないんじゃないか？　男の子なのに、困らないか？」

「ん……いいの、隆一さんのでいきたいから……っ」

「可愛《かわい》いことを言うんだな」

隆一は、小さく笑う。でも、明るい感じではない。

「……ん、あ……いい、いいよ……！」

ひときわ奥まで貫かれ、立佳の四肢《しし》はぴんと張ってしまう。やがて達《たっ》してしまった立佳は、そのまま体を隆一へと預《あず》けた。

＊　＊　＊

「……ん…」

まぶたを擦《こす》りながら、立佳は目を開ける。枕《まくら》になってくれている腕の感触が、心地よかったから、頭は上げない。

「目を覚ましたのか、立佳」

「うん……」

立佳は、ぼんやりと頷いた。

玄関で達したあと、ベッドでも二度ほど高みに追いやられた。体からは、すっかり気力が抜けている。

隆一もいつのまにか服を脱《ぬ》ぎ、裸の胸に立佳を抱き寄せていた。立佳を抱いている間中、服を脱ぐ時間ももったいないというかのように、ずっと服を着ていたのだが。

「……すまなかった」

隆一は、小さく息をつく。彼の表情には後悔《こうかい》がありありと浮かんでいたが、立佳はあえて見ないふりをした。

「気持ちよかったよ」

立佳は、ぴたりと隆一の胸に頬を懐《なつ》かせた。

「久しぶりだから、嬉《うれ》しかった。……だから、気にしないで」

立佳は目を閉じて、呟《つぶや》く。

「なにかあったの？」

隆一らしくない行為の理由がわからず、立佳を不安にさせた。隆一がなにかに苛立《いらだ》っているようにも、追い詰《つ》められているようにも感じられたのだ。立佳は、彼のことが心配だった。彼が激情を抑えることもできず、立佳を求めてくるなんて、よほど弱っていたのだろうから。

「なにかあったというわけじゃないんだが」

隆一は言葉を濁《にご》す。

そして、まったく関係ないことを尋ねてきた。

「……立佳はあいかわらず、男にしか興味がないのか?」

「え?　うん……」

立佳は、あいまいに頷く。

本当は、興味があるのは男じゃない。隆一だけだ。

それにしても、どうしてこんなふうに話題をはぐらかすのだろうか。隆一になにかがあったのは、間違いないだろうに。

それとも、立佳には言えないようなことなのか。

隆一は、黙りこくってしまう。そして、立佳の体を手のひらで撫《な》ではじめた。熱を煽《あお》るというよりも、疲れた体をいたわるような手つきだ。彼の指先は、いつだって優しい。

沈黙が、辺《あた》りを包む。隆一の裸の胸に耳を押し当てると、彼の心音《しんおん》が聞えてきた。少しだけ、いつもより早くなっている気がするのは、気のせいだろうか。

どれぐらい、そうやって寄《よ》り添《そ》っていただろうか。

とうとつに、隆一が口を開く。

「この間のゴミの日のことなんだが」

「うん？」

立佳が寝《ね》ぼけまなこで隆一を見上げると、彼はふっと言葉に詰《つ》まってしまった。

どことなく、もの問いたげだ。けれども彼は、静かにまぶたの上にくちびるを押し当ててくる。まるで、言葉のかわりのように。

「……すまない。つまらないことを、言いそうになった」

「隆一さん？」

「眠りなさい。疲れただろう？」

「うん、眠い……」

立佳は夢心地《ゆめごこち》に頷く。

「今夜は、傍《そば》についていてもいいか？」

ふいに、隆一が尋ねてくる。彼がそんなことを言いだすのは、初めてだった。

立佳はびっくりしたが、好きな人が傍にいてくれて、嬉しくないはずがない。はにかむように微笑んで、大きく頷いた。

「うん、ずっと傍にいて」

「……私でいいのか？」

「隆一さんがいい」

ぴったりとくっつくと、隆一はかすかに笑った。その笑いの意味は、立佳にはよくわからない。

けれども、傍《かたわ》らの温《ぬく》もりは優しかった。

「……すまない……」

隆一はひっそりと呟いて、髪を撫《な》ではじめる。

「ゆっくり休んでくれ」

「ん……」

彼の声の調子が哀《かな》しげなことが、立佳には気にかかった。

どうして？　久しぶりに体が満たされて、立佳はこんなにも幸せなのに、隆一はそうじゃないのだろうか。

もの問《と》いたげな彼の眼差《まなざ》しも、気になる。

——隆一さん、どうかしたの……？

夢うつつの中で、立佳は考える。

けれども、問うことはできなかった。

哀しいことを言われるのが怖い。立佳は、臆病《おくびょう》な上にずるいのかもしれない。

ずっとこのまま、隆一の傍にいたかった。

彼の傍を、独《ひと》り占《じ》めしていたかった。

たとえ、彼自身を独り占めすることができなかったとしても。

ACT 8

激《はげ》しく求められたあとに、また離れていく。遠ざかる温《ぬく》もりは恋《こい》しいし、切《せつ》ない。

――この間のあれは、気の迷《まよ》いだったのかな……。

九月の半ば。最後に隆一《りゅういち》に抱かれたときのことを思いだし、立佳《りっか》は切なく息をつく。

花屋で偶然顔を合わせてから三週間。あんなに激しく求めてきたのがまるで嘘みたいに、最近の隆一は淡々《たんたん》とした態度だ。

久しぶりに友達と遊び、帰るところだというのに、立佳の心はちっともうきうきしていない。なんだかぼんやりしていた。

二学期の中間テストも近いのだが、『息抜き』と称《しょう》してテスト勉強はお休みだ。ちょうど、隆一も仕事で遅くなるらしい。立佳は久しぶりに、夕食を作らないことに決めていた。

本当は、進学を決めたときに、「家事《かじ》はしなくていい」と言われた。けれども、隆一のためになにかしたくて、反対を押して家事を続けていたのだ。隆一がいなければ、やる気もなくなる。

隆一との関係は、微妙《びみょう》なままだ。彼はあいかわらず、積極的《せっきょくてき》に立佳に触《ふ》れようとはしない。

彼は、いつだって優しい。けれども、どこか罪悪感《ざいあくかん》に満《み》ちた目で、立佳を見つめるようになっていた。立佳を抱いてしまった罪悪感というだけじゃなく、もっと他の感情が含まれていそうで気にかかる。

——まさか、古坂《こさか》さんとなにかあったのかな。

立佳の胸は、ずきずき痛む。

あいかわらず、彼女は花屋の店頭《てんとう》に出ている。隆一と会うこともあるのだろうか。いつか、店先で立佳と隆一が鉢合《はちあ》わせしてしまったときのように。

彼女の顔は、できれば見たくない。けれども、立佳が花屋に行かなければ、隆一が彼女に会う機会が増えてしまう。それは避《さ》けたい。

隆一は、立佳の受験を理由によけいなことをしなくてもいいと言う。けれども今の立佳は、それも隆一が花屋に行くための口実《こうじつ》が欲しいんじゃないかと勘《かん》ぐってしまいそうだった。

どうしようもなく醜《みにく》い感情が、胸に広がっていく。

——僕は、本当にいやなやつになっちゃったな……。

立佳は、そっとくちびるを噛《か》みしめる。

カサブランカの香りの記憶と相《あい》まって、胸は引き絞《しぼ》られるように痛んだ。


「……元気ないな、立佳」

傍《かたわ》らを歩いていた小杉《こすぎ》が、ぼそっと呟《つぶや》いた。

彼からは、ほのかに煙草《たばこ》の匂《にお》いがする。カラオケボックスでずっと一緒だったから、きっと立佳にも匂いが移っているだろう。隆一が帰る前に着替えないと、また心配させてしまいそうだ。

「そうかな？」

一緒に遊んだ友達の中で、小杉の家だけが同じ方向だ。二人きりで肩を並べて歩きながら、立佳は小さく息をつく。

「いきなり受験に切りかえになったし、けっこう気が重いんだ。そのせいかも」

「それだけか？」

小杉は、なんだか心配そうだ。

立佳は小さく首を傾《かし》げる。

「違うように見える？」

「うん……。夏休み明《あ》けから、なんかおまえ変わった気がする。よく、一人で考えこんでるだろ。そういうのが、なーんか」

「夏休みの間、まったく会わなかったから、そう思うだけじゃないかな」

「そうかぁ？」

小杉は納得《なっとく》していない。けれども立佳は、肩を竦《すく》めるだけだった。言葉を尽《つ》くして、彼を納得させるつもりはない。友達に、嘘《うそ》はつきたくなかった。

「そういえば、どうして進路をいきなり変えたんだ？」

「お義兄《にい》さんが、どうしても大学に行ってほしいっていうから」

「なんで？」

「自分が大学出てるし……。特に目的がないなら進学しろって」

「一人暮らしは？」

「大学行かせてもらうなら、できないよ」

立佳は、ため息をつく。

それに、たびたび肌を重ねたこともあり、立佳にも隆一への執着《しゅうちゃく》が生まれている。彼から離れることは、簡単《かんたん》じゃない。

お互いのためには、割り切ったほうがいいのかもしれないが。

「いいのか？　一人暮らしがしたくて就職するつもりだって言ってたじゃん。もしかして、大学に入ったら一人暮らししてもいいって、向こうが言ってくれたのか？」

「さすがに、それは頼めないよ。学費、出してもらうし」

立佳は小さく首を横に振る。

「……お義兄さんの傍《そば》にいる」

立佳が一人暮らしをしたいと言えば、隆一は援助《えんじょ》してくれるかもしれない。けれども立佳は、今、マンションを離れるわけにはいかなかった。

立佳が離れた隙《すき》に、あのマンションに誰か別の人が入ってくる気がして怖《こわ》い。

たとえば、古坂のような。

――そういえば、もう店の前だ。

立佳は、ふと気づく。

いつのまにか、花屋の前の道まで来ていた。時間が遅いせいか、街は昼間とはまったく別の顔をしているが。

「どうかしたのか?」

「たいしたことじゃないけど……。この近くの花屋、よく買い物に来るんだ。うちからも近いだろう?」

「花屋?」

「ほら、うちはいつもカサブランカ飾《かざ》ってるじゃん。姉さんの花」

「そういえば、そうだったっけ」

「あの花屋で買うんだ」

何気《なにげ》なく店を指さした立佳の表情は、強張《こわば》ってしまう。

自分の指の先に、なぜか隆一の姿があった。

――お義兄さん、どうして……？

立佳は息を呑《の》む。

隆一は、仕事で遅くなると言っていたはずだ。それなのに、なぜこんなところにいるんだろう。

しかも、隆一の隣《となり》にいるのは……――この世《よ》で二度と見たくないと思っていた光景《こうけい》が、目の前に広がっていた。隆一の隣に、華《はな》やかな女性が寄《よ》り添《そ》っている。とても美しい人。

立佳は絶対に、彼女のようにはなれない。

――古坂さんと会ってたんだ。僕には仕事だって言ってたのに……。

立佳はくちびるを噛《か》みしめた。

これは、罰《ばつ》だろうか。

隆一と彼女が会わないように仕向《しむ》けていた、立佳に対しての。

「どうしたんだよ、立佳」

立ち竦んでしまった立佳を心配したのか、小杉に優しく名前を呼ばれる。

「……あ、うん。ごめん。たいしたことじゃないんだけれども」

立佳は、小さな声で呟いた。

「小杉、ごめん。別の道通《とお》らないか?」

「え、なんで?」

「……お願い」

立佳は、小杉の上着を引っ張った。

「いいけどさ……。あの人、おまえのにーちゃんじゃなかったっけ」

「……」

「顔会わせたくないわけ?」

「受験生なのにこんな時間まで出歩いていることを知られたら、怒《おこ》られるんだよ。真面目《まじめ》な人だから」

嘘ではない。けれども、それがすべての理由にはならない。

ショックのあまり、立佳の足取りはおぼつかない。けれども、なんとかそのまま、横の路地《ろじ》へと小杉を引っ張っていった。

＊　＊　＊

家に戻ったものの、隆一はまだ帰っていなかった。

玄関の明かりをつける気力もなく、立佳は立ちすくむ。

人がいなかった部屋の中は、カサブランカが主《あるじ》だったようだ。濃厚《のうこう》な香りが立ちこめている。

——お義兄さんは、どうして古坂さんと一緒にいたんだろう。こんな時間、二人っきりで……。

立佳に嘘をついてまで、隆一は古坂に会いたかったのだろうか。でも、どうして?

——もしかして、つきあってるのかな。

立佳は、玄関の姿見《すがたみ》を一瞥《いちべつ》した。

立佳はもともと色白《いろじろ》だが、今はすっかり真《ま》っ青《さお》だ。

「ひどい顔……」

鏡《かがみ》に手のひらを当て、立佳は呟《つぶや》く。

ただでさえ、人目を惹《ひ》く容姿《ようし》ではない。おとなしく、地味《じみ》だ。今は、ますますみっともない顔になっていた。

玲《れい》や……——そして、古坂とは大違いだ。

先ほどの、古坂の姿を思いだす。

店に出ているときと違い、彼女はきちんとした感じのワンピース姿だった。少し俯《うつむ》きがちだったが、それが華やかながら清楚《せいそ》なイメージをも醸《かも》し出していた。

彼女ならば、カサブランカの花がよく似合う。かつて、玲を飾った花が。

そして、隆一は玲をいまだに愛している。あるいは、玲のような女性なら、彼の寂《さび》しさをかんぺきに埋《う》めることができるかもしれない。

立佳のように、かりそめではなく。

「……僕は、もういらないのかな……」

ぽつりと呟いたとたん、くちびるが冷《ひ》えた気がする。

立佳は、ぱたっと座りこんだ。

立佳はちっとも隆一にふさわしくない。弱って、疲れきっている隆一につけこんだからこそ、今まで彼に抱かれることができた。

けれども、隆一が古坂という存在を手に入れたのならば、立佳は用なしになる。

「……っ」

立佳は、くちびるを噛《か》みしめる。

これは、きっと罰だ。

神様も玲も、醜《みにく》い感情で心をどろどろにしている立佳を怒っているに違いない。

隆一だって、こんな立佳はいらないだろう。

今にも、泣きだしてしまいそうだった。

「こんなところで、どうしたんだ？　電気もつけないで」

ふいに玄関のドアが開いた。

長身のシルエットが、暗い部屋の中に落ちる。

「お義兄さん……」

立佳は、ごしごしと目元を擦《こす》る。念のためだ。どうか、涙が浮かんでいませんように
……――祈ったが、ほんの少しだけ手の甲《こう》は濡《ぬ》れた。

「お帰りなさい」

「ただいま」

なるべくなんでもないように声を出したが、隆一はいぶかしげに眉を顰《ひそ》めたままだ。

ぱっと、玄関の明かりがつく。

「なにかあったのか？」

「……ううん」

立佳は、小さく頭を横に振る。

「今日、こんな時間まで仕事だったんだね」

「ああ」

隆一は、さも当然のことのように頷《うなず》いた。

彼がこんな涼《すず》しい表情で嘘をつく人だとは、立佳は思っていなかった。

胸がずきんと痛む。

隆一は、法人専門《ほうじんせんもん》の弁護士《べんごし》だ。個人と仕事をすることなんて、ありえない。

——古坂さんのこと、そんなに内緒《ないしょ》にしたいんだね。

立佳に遠慮《えんりょ》しているのだろうか？　仮《かり》にも肌を合わせた相手と一緒に住んでいるのに、新しい女性を作ってしまったから。

「それより、立佳こそこんな時間まで制服を着て、いったいどうしたんだ？」

「友達と遊んでいて……」

「息抜きは必要だ。責めてるわけじゃない」

立佳の様子がしおれているのは、後ろめたさゆえだとでも思ったのだろうか？　隆一の声は、とても優しいものになる。

「もう、十二時近い。早く休みなさい」

「うん……」

立佳は小さく頷く。ずっと俯きがちだったのは、隆一の顔を見たくなかったわけじゃない。顔を上げたら、涙がこぼれだしてしまいそうだったからだ。

「……立佳」

ふいに、隆一に呼びとめられる。立佳は無理な笑顔を作り、彼を振りかえった。

「どうかしたの？」

隆一の表情は少し険《けわ》しい。立佳はどきっとする。

じっと立佳を見つめた隆一は、やがてくちびるを開いた。おそらく、本当に言いたかった言葉は引っこめて。

「いや……。なんでもない。おやすみ」

隆一の声は、やや掠れていた。どうしてか、責められている気がした。

「煙草の匂いが」という呟きが聞こえた気もしたが、隆一はさっと自分の部屋へと立ち去ってしまった。


自分の部屋で気持ちを落ちつかせ、風呂の支度《したく》をしようとした立佳のところに、ふたたび隆一が顔を見せた。先ほど彼が見せた影はもうない。

「立佳、話があるんだが」

「……え」

立佳は、手を止める。

隆一は、少し考えこむような表情をしていた。

「明日は土曜日だが、家にいるのか？」

「いるけど……」

「少し、時間がほしい」

胸がどきどきしてくる。いったい、あらたまってなんだというんだろうか？

古坂と一緒にいた隆一の姿を、立佳は思い浮かべる。胸が引き絞《しぼ》られるような気がした。

まさかとは思うが……——彼女となにかあったのだろうか？

「……いい、けど」

立佳は頷いたが、顔を下げたままになってしまう。だって、とても彼の顔を見ることなんてできない。立佳の表情は、不安と怯《おび》えで強張《こわば》ってしまっている。

「おやすみ、立佳」

囁《ささや》いて、隆一は立佳の傍《そば》を離れていく。

立佳は立ちすくんだまま、しばらくその場を動けなかった。

＊　＊　＊

シャワーでも洗い流すことのできない胸のつかえを感じながら、立佳は風呂を出る。気分は、ちっともさっぱりしない。それどころか、追いこまれていくばかりだ。

——お義兄さんは、僕になんの話をするつもりなんだろう。

不安で、胸が引き絞られる気がした。なにか、よくないことを言われてしまいそうだ。

気のせいか、今晩はカサブランカの香りが濃厚のような気がする。息が詰まりそうだ。

立佳は、サイドボードの上の玲の写真に目を留《と》めた。彼女はウェディングドレス姿だが、一人っきりで写《うつ》っている。

傍《かたわ》らに、夫である隆一の姿はない。

「姉さんは、お義兄さんに好きな人ができたら、どうする？」

立佳は思わず、彼女に語りかけてしまう。

玲と立佳では立場が違いすぎることはわかっている。彼女は愛されていた妻で、立佳はただの妻の弟だ。

玲が生きていたら、立佳の問いかけなんて、あっさり笑いとばすだろう。

——お義兄さんの幸せを、祈《いの》ってあげたいのに……。

立佳は、小さくため息をついた。

玲を失ってあれほど落ちこんでいた隆一が恋をする気になったのであれば、これほど喜ばしいことはない。本当ならば、立佳は彼の家族として祝福《しゅくふく》するべきなのだ。

それなのに、よこしまな感情が邪魔《じゃま》をする。

——本当に、僕はいやな奴だ。

隆一を好きという気持ちが、どんどん立佳をいやな人間にしていく。人の幸せを喜べない。人の恋の邪魔をしてしまう、醜い人間に。

恋なんて、ちっとも綺麗《きれい》なものじゃない。

それとも、立佳の気持ちがあさはかで、本物じゃないから好きな人の幸せを素直に喜べないのだろうか？

——でも、こんなに胸が痛いのに。

立佳は、両手で顔を覆《おお》う。

涙が、あとからあとから溢《あふ》れて止まらなくなってしまった。


「立佳、どうしたんだ？　具合《ぐあい》でも悪いのか」

髪に、優しい指が触れる。

「泣いているのか？　いったい、どうした」

大きな手のひらが、立佳の左肩を掴《つか》んだ。

「……好きな相手との間に、なにかあったのか？　今日、煙草《たばこ》の香りがしていたようだが、彼と会ったのだろう？」

「痛……っ」

肩にかかっていた手のひらの力が、いきなり強くなる。立佳は、小さく呻《うめ》き声を上げてしまった。

「……すまない」

隆一は小声で詫《わ》びると、立佳の目元に触《ふ》れてきた。

「こんなところで、君を一人で泣かせるような相手なのに、まだ好きなのか？　てっきり、その人のことは忘れたのだと思っていたのに」

隆一は、立佳の相手は煙草を吸う年上の男だと思っている。既婚者である、友人の兄だと。

彼は立佳の顎《あご》を摘《つま》みあげ、顔を上に向かせる。そして、長い指で濡《ぬ》れた立佳の頬《ほお》を何度も拭《ぬぐ》ってくれた。

「どうして……っ」

呻くように呟いた隆一は、ふいに立佳へと顔を近づけてくる。

「……ん…っ」

立佳は、大きく目を見ひらいた。こんな形で隆一に口づけられるとは、想像もしていなかったからだ。

頬に、冷たい眼鏡のレンズの感触が残る。

玲が亡くなった、あの夜のことを思いだしてしまった。

「……君が、鈴菜《すずな》さんのような女性を好きになったのであれば、もう放《はな》してやらなくては

いけないと思っていたのに。君をこんなふうに一人で泣かせるような男と、まだ関わりを持っているくらいなら……」

いっそ、私が……——小さな声だが、立佳の鼓膜《こまく》ははっきりとその言葉を捕《と》らえた。

「僕を、慰《なぐさ》めようとしてくれているの？」

「……すまない。つい、かっとしてしまった」

隆一は、伏《ふ》し目がちになる。

「とにかく、君を泣かせるような男は、やめておいたほうがいい。鈴菜さんに惹かれだしているのなら、その男性のことは忘れなさい。マイノリティになることで、苦労《くろう》するのは立佳だ。君が、こんなところで一人で泣くことはない」

「お義兄さん、待って」

立佳は首を傾《かし》げる。

立佳が同性を好きだと誤解《ごかい》させたのは、立佳自身だ。でも、どこから古坂が出てくるんだろうか。

「なんの話をしているのか、わからないよ」

手の甲《こう》で目元を拭いながら、立佳は尋《たず》ねる。

「古坂さんが、どうかした？」

「立佳は、彼女が好きなのだろう」

隆一は首を傾げた。

「このごろ、わざわざ花を買いに行きたがるし……。口紅《くちべに》のプレゼントを用意していたな。渡せなかったみたいだが、あれは、彼女へのプレゼントじゃないのか」

「口紅……？」

「……ラッピングしたまま捨てていたようだが……。古坂さんにはたしかに離婚《りこん》できていない夫がいるし、君よりはだいぶ年上だが、諦《あきら》めることはない」

「ちょっと待って、お義兄さん。それは違うよ」

立佳は、思わず隆一のシャツの肩口《かたぐち》を、掴んでしまった。

隆一がなんの話をしているか、立佳はようやく気づく。立佳が玲に近づきたい一心《いっしん》で買ってしまった口紅のことを、隆一は大きく勘違《かんちが》いしているのだ。まさか、不燃物ゴミとして捨てた口紅を見られていたとは思わなかった。

そういえば、激しく求められたあの日。隆一がゴミがどうのという話をしていたことを立佳は思いだす。

彼がもの言いたげな顔をしていたのは、そのせいなのだ。

服のほうは、部屋のゴミと一緒に燃えるゴミに突っこんだ。だから、隆一は気づかなかったのかもしれない。

「そうなのか？　私はてっきり……。その、報《むく》われない相手ではなくて、身近な魅力的《みりょくてき》な女性を好きになったのかと思って安心していたんだが。ここのところ、生活の乱れも収まったようだし」

隆一は、困惑《こんわく》している。

身近で魅力的な女性。たしかに、古坂はそういう人だ。隆一自身も、そう思っているのだろう。

そして、好きになってしまったのだろうか。

なんだか、無性《むしょう》に泣けてきた。

よりにもよって、古坂を好きになったのだと疑《うたが》われているなんて、立佳は想像もしていなかった。

——お義兄さんが、古坂さんと会っていたことを僕に黙っていたのは、僕も古坂さんを好きだと思いこんだからかな？

絶望的《ぜつぼうてき》な気分になる。

つまり、隆一と古坂の関係は、恋敵《こいがたき》には隠《かく》しておかなくてはいけないようなものなのだ。

「……たしかに、僕は花を買いにいっていたし、口紅も僕が買っちゃったけれども、でもそれは……——僕が、いやなやつだから」

立佳は俯《うつむ》いたまま、呟く。

なにがなんでも、自分の気持ちは『秘密』にしなくてはいけない。けれども、溢《あふ》れてくるものが抑《おさ》えられなくなってしまう。

「立佳がいやなやつ？　そんなはずはない」

「いやなやつなんだ、すごく。僕がなにを考えているか知ったら、お義兄さんはきっと僕を嫌《きら》うよ」

立佳は、ぺたりと絨毯《じゅうたん》の上に腰を下ろす。

「嫌ったりしない」

「そんなことないよ。お義兄さんがどんなに僕のことを同情《どうじょう》していても、きっといやになる……」

「……同性を好きになることに、偏見《へんけん》はない。もし立佳が好きな人と上手《うま》くいったということなら」

「違う。絶対に、上手くいかない人だもの。その人、普通に女の人が好きで、結婚していて……っ」

立佳は、絨毯に手をついた。

「僕とは正反対の人が、好きなんだ」

「立佳……」

立佳と同じように絨毯の上に座りこんだ隆一は、きつく立佳を抱き寄せた。

「……辛《つら》いな」

「うん……」

「忘れてしまえとは言えないが……。もし、私にできることがあるなら」

隆一は優《やさ》しい。けれども、彼のこの優しさは残酷《ざんこく》だ。立佳は、肩を震《ふる》わせはじめる。

立佳が好きなのは、隆一だけ。けれども、こんなことを打《う》ち明《あ》けても、きっと彼には迷惑なだけだろう。

「……抱いてっていったら、慰《なぐさ》めてくれるの？」

「立佳」

隆一の声は、狼狽《ろうばい》しきっている。

「しかし、それは……」

「抱いてほしいよ。もう、それだけでいい。心はいらない。体だけでいいから……っ」

立佳は、苦しげに声を絞《しぼ》りだした。

絨毯の上についていた手の甲に、ぽたりと涙が落ちる。

隆一の心までは望めない。けれども、せめて体だけでも。

「……体だけ？」

隆一の声の調子は、微妙《びみょう》に揺《ゆ》らぐ。

「どういうことだ、立佳。その言い方はまるで……」

立佳の肩を掴んでいた指先に、また力がこもる。

立佳は、はっとした。

——しまった……！

思わせぶりなことを、言ってしまった。隆一は、立佳に細やかに気を配ってくれているのだ。こんな言い方をしたら、彼が気にするに決まっている。

切羽《せっぱ》つまった気持ちでいたとはいえ、なんて考えなしのことを言ってしまったのだろうか。

「ごめんなさい、お義兄さん。僕……、あの、今のは」

「……体以外も、もらってくれるのか？」

隆一は立佳の体を抱《だ》きすくめたまま、じっと立佳の顔を覗《のぞ》きこんでくる。

「お義兄さん、それはどういうこと？」

立佳の胸が、とくんと大きく脈《みゃく》を打った。もし心が欲しいと言ったならば、隆一はくれるというのだろうか？　いくら同情しているとはいえ、そんな期待を抱《いだ》かせるようなことを言わないでほしい。

——お願いだから、もうやめて！

立佳の瞳の縁《ふち》に、涙の粒《つぶ》が盛り上がる。まぶたやまつげが、小刻《こきざ》みに震えはじめた。それにつられるかのように、透明《とうめい》の雫《しずく》は静かに頬を伝って落ちていった。

「君には好きな相手がいたな。結婚しているという……」

隆一の語尾《ごび》が掠《かす》れる。

「……煙草《たばこ》の匂いを移した相手なのか？」

立佳は息を呑《の》む。

ひたっと瞳を合わされてしまうと、嘘はつきにくい。もともと、立佳は嘘が苦手《にがて》なのだ。だから、黙って首を横に振るしかなくなる。

「じゃあ、誰なんだ？」

まばたきもせず、隆一は立佳を見つめる。息がつまりそうなほど、緊迫《きんぱく》しきっている空気。いつのまにか、カサブランカの匂いさえ感じなくなっている。

無言で見つめあい、いくばくか。やがて隆一は、ふっと笑《え》みを浮べた。ほんの少しだけ自嘲《じちょう》まじりの、苦味を含んだ笑み。

「……すまない、私は卑怯《ひきょう》だな。おまけに、臆病《おくびょう》だ。この期《ご》に及《およ》んで、まだずるいことをしている」

隆一は、立佳の頬に触れてきた。そして、今まで以上に真剣で、甘やかな眼差しになり、立佳をひたむきに見つめた。

「私は、ずっと君のことを愛していた。……だから、君の相手が私であれば、どれだけ嬉《うれ》しいだろうと思う。君が、私を愛してくれるなら」

「え……」

立佳は目を大きく見ひらくと、呆然《ぼうぜん》と隆一を見つめた。彼が立佳を愛している？　そんなの、ありえない。

「お義兄さん、なにを言っているの？」

信じられないとでも言うかのように、立佳は小さく頭を横に振る。けれども、隆一は懸命な言葉を募らせていく。

「こんな想いは間違っていると、何度も否定しようとした。しかし、実承《みつぐ》に指摘《してき》され、気づいたんだ。本当に恋に落ちてしまえば、どれだけ否定しても、どれだけ間違ったものだとわかっていても、止められはしないと……。あいつは、私が君に執着《しゅうちゃく》していることに、気づいていた」

隆一は、そっと立佳から体を離す。そのかわり、絨毯についたままになっていた立佳の手を取り、涙に濡れた手の甲にくちびるを押し当てた。

「愛していたんだ。もう、ずっと前から。どうしても傍にいてほしくて、いつまでも君の保護者でありたかった。君が就職して、自立したら、それも叶わなくなる。だから進学を望んだし、一人暮らしなんて絶対に認めたくなかった。おまけに、君の勘違いにつけこみ、体を重ねて……」

「隆一さん！」

誠実で優しく、ほんの少しだけずるい男のざんげを、立佳は遮《さえぎ》る。そして、彼の胸に飛びこんだ。

「立佳……?」

「僕も、ずっとお義兄さんが、隆一さんのことが好きだった。だから、姉さんの代わりでもいいんだって、そう思って……っ」

言葉が上手く出てこない。でも想いはどんどん溢れだす。隆一、ただ一人に向かって。

「代わりなんかじゃなかったよ」

隆一のくちびるが、静かに近づいてくる。

立佳は目を見ひらいたまま、彼の口づけを受けた。

「あ……っ」

隆一は目を伏《ふ》せがちにして、何度も立佳のくちびるを啄《ついば》む。その感触の温《あたた》かさに、また涙が溢れてきてしまった。

立佳は、軽くまばたきをする。

そして、ひたむきに自分のことを見つめている男の顔をまぶたに焼きつけると、そっと目を閉じた。

玲に近づくためじゃない。隆一の温《ぬく》もりに浸《ひた》るためだった。

隆一は恭《うやうや》しく立佳を横抱きにして、ベッドまで運んだ。そして、そっとシーツに横たえる。一つ一つの仕草から、彼がどれだけ立佳を大切に想ってくれているかが伝わってくる。涙腺《るいせん》が脆《もろ》くなっているせいか、それだけで胸が淡く痺《しび》れた。

隆一は眼鏡を外してしまうと、立佳に口づけてきた。立佳は目を伏せ、彼のキスを受け入れる。触れるだけのキスはどんどん深くなっていき、立佳はくちびるを半ば開いて、彼を口腔《こうこう》に迎えようとした。

「ん……っ、う……」

立佳は、小さく息を漏《も》らす。

口づけは熱っぽい。激しいというよりは、とても優しかった。隆一は、包みこむように立佳を抱く。

隆一は酔っているわけでも、立佳から誘ったわけでもないけれども、彼は立佳を欲しがってくれているのだ。その喜びで、胸が詰まりそうだった。

舌先が立佳の舌をくすぐる。立佳はたどたどしく舌を動かし、その動きに応えた。ざらりとした舌同士が刺激しあい、互いを高めていく。口の中に溢れてしまった唾液のせいで立佳が小さくむせると、隆一はくちびるを離し、濡れた口元を拭《ぬぐ》ってくれた。

「……は…ぁ……」

立佳はくちびるをほっこりと開き、何度も喘《あえ》がせる。

「大丈夫か？」

「ん……。息するの、忘れちゃってた」

「苦しかっただろう？　すまない」

「幸せすぎて、夢中になっちゃった」

「立佳……っ」

立佳がはにかむように笑うと、隆一は切れ長の目を見ひらき、立佳をきつく抱きしめてきた。二本の腕の力はとても強く、立佳は何度もむせてしまう。

「お、お義兄さん！　苦しいよ……」

「……ん、ああ……。すまない」

隆一は、はっと我にかえったように、立佳を腕から離す。そして、詫《わ》びのようにくちびるを啄んできた。

「……『お義兄さん』と呼ばれると、複雑な気分になるな」

「ごめんなさい」

立佳は口元を押さえる。そんな呼び方をすると、隆一の背徳感を煽《あお》ってしまうのかもしれない。申しわけないことをしてしまった。

「立佳が謝ることじゃない。その……、私が悪い」

隆一は、歯切れ悪く口ごもった。

「どうして? おにい……じゃない、隆一さんはなにも悪くないよ。隆一さんて、呼びそびれちゃったのは僕だし。隆一さんは最初から、名前で呼んでほしいって言ってたよね」

「立佳は悪くない。悪いのは私だ。……すまないな、人間ができてない男で」

隆一は、苦笑いした。

「……君が、友達の『おにいさん』を好きなんだと思っていた。だから、どうしても私に抱かれている君に『おにいさん』と呼ばれたくなかったんだ。……君がその人のことを、考えていると思っていたから」

「嘘ついてごめんなさい」

立佳は、頬が熱くなるのを感じていた。

――隆一さん、妬いてくれてるの?

穏やかな男が、独占欲を剥きだしにしているのだ。立佳の胸は、とくんと高鳴る。こんなに嬉しいことはない。

「僕、ずっと隆一さんのこと考えてたよ。隆一さんのことだけ」

「ありがとう、立佳。……辛い想いをさせただろうにな」

隆一は、立佳の胸元に顔を埋めてきた。

「私はあんがい、嫉妬《しっと》深い男のようだ。こんな気持ちは初めてだが……。君が煙草の匂いをさせて帰ってくれば、好きな相手と会っていたのかと気が気じゃなかった。鈴菜さんと親しくなったかと思えば、祝福しなければいけないと頭でわかっていながらも、衝動的《しょうどう》に君に触れてしまって……。手荒なことをしてしまった」

「僕は、隆一さんに触れてもらえるのが嬉しいよ。だから、平気だった」

花屋の店先で偶然出会った日の夜の行為を、隆一は悔いているようだ。あれも嫉妬されていたのだとは、思わなかった。

「でも、祝福だなんて、どうして？」

少しだけ哀しみまじりに尋ねると、隆一は複雑な表情になる。

「……私のことはいい。でも、私が立佳を独占することで、立佳を共犯者にしてしまうとなると……。やはり、後ろめたさはあるな。表沙汰《おもてざた》にするのは難しい関係に、君を巻きこむことになってしまう」

「僕はいいよ、それで。二人っきりの秘密でも」

立佳は隆一の髪に触れる。洗ったあとで、さらさらしていた。心地いい感触。こうして触れていると、愛しいという想いがこみ上げてくる。

秀《ひい》でた額に、立佳はそっとくちびるを寄せた。

「隆一さんの傍にいることができるなら」

「立佳……」

隆一は愛しそうに目を細め、何度も立佳に口づけた。顎《あご》の裏側までキスされて、くすぐったさのあまり身を捩る立佳から、すべての衣服を奪っていく。そして、彼も服を脱ぎ捨て、立佳へと覆いかぶさってきた。

——体、熱くなる。

隆一の温もりを全身で感じ、立佳は頬を上気させる。

素肌と素肌が触れあい、隙間なく寄り添っている。こうして抱きあっているだけで、高まっていくから不思議だ。激しい愛撫がなくても、想いが通いあっているとわかっていれば、キスだけ、抱きあうだけ、相手の温もりだけでも、こんなに感じてしまうものなのだと、立佳は初めて知った。

「愛している」

隆一は立佳の髪を撫でたり、口づけたりしながら、何度も甘い囁きを繰りかえす。「全部、私のものだな？」と。彼の表情にちらつく独占欲や雄の気配すら、立佳にとっては悦びになっていく。

やがて、隆一の指先はゆるやかな愛撫を立佳に施《ほどこ》しはじめた。くちびるはキスと愛の言葉に忙しい。立佳は全身を甘い熱で融かしていく。

「……ん、隆一さん……」

「ここ……。すっかり熱いな」

「……ん、そこじゃなくて、中して……っ」

「立佳を気持ちよくしてあげたいんだ。君はいつも、私のことを優先してしまうから」

「でもっ、あ…………そこより、早くほし……っ…い……」

「いい子だから」

「……っ、ん……や、隆一さん、そこばっかだと」

「いっていいよ」

「やだ……っ、しないで、いや……っ」

自分だけがどんどんたかぶらされていくことにあらがい、立佳はしきりに頭を横に振る。

「一緒がいい。……一緒にいきたい、から……」

「……可愛いことを言う」

隆一はかすかに笑うと、立佳に口づけてきた。そして、早く隆一で貫かれたくてたまらない場所へと、ようやく触れてきてくれた。

「んっ、あ……あぁ……！」

立佳の細い喉《のど》は、快感のあまりのけぞってしまう。そこは隆一にすべてを教えられた。それに、大好きな隆一が触れてくれるのだから、ひとたまりもない。

「……っ、う……ん…、ね、もう……して……おねが……い…」

胸を甘い切なさで痺れさせながら、立佳はねだる。隆一はその哀願に応えるように、深く体を重ねてきてくれた。

「……愛しているよ、立佳」

「あぁっ」

甲高い声を上げた立佳を、隆一はきつく抱きしめる。どこにも行かせないという彼の意思の表れのようで、その抱擁《ほうよう》さえ嬉しい。

「愛してる」

つながったまま、隆一は立佳へと何度も頬ずりしてきた。頬と頬を押しつけあうと、不思議に頬骨の凹凸までもが収まりいい。互いの体は、互いのためだけにあつらえられたもののような気すらしてくる。

「隆一さん、大好き……」

夢見心地に呟き、激しくなる一方の動悸《どうき》に耳を傾ける。絡みあう二つの鼓動。こんなにも近くにいる。誰よりも一番近く。

「大好きだよ」

隠していた『秘密』を打ち明けられる幸せを噛みしめながら、立佳は何度も隆一と悦びを分かちあった。

＊　＊　＊

「……私は君に会うまで、自分が抑えられなくなるほどの情熱を……——恋愛というものを知らなかった」

「隆一さん……?」

立佳は、目を見ひらく。いったい、彼はなにを言いだすのだろうか。

立佳を抱きしめたまま、隆一は呟く。まだ体はつながったままだ。隆一が発声《はっせい》すると、その部分にまで響《ひび》くようだった。

立佳は隆一の膝《ひざ》に抱きあげられ、下から貫《つらぬ》かれていた。向かい合った体勢《たいせい》だから、少し苦しい。けれども、彼から離れたくはなかった。

「玲に好意《こうい》はもちろん持っていた。いやいや結婚したわけじゃない。しかし、私はもともと情熱的なタイプではなかった。激しい恋愛衝動を感じたことはないんだ。そのことは玲に対して今でも心苦しい」

隆一は、花嫁姿《はなよめすがた》の玲の写真のほうへ、そっと視線を投げかけた。

「最初は、彼女とつきあうのもためらった。彼女の情熱に、同じだけのものを返せる自信がなかったんだ。けれども彼女が……——恋というものを教えてあげる、と。あの自信に動かされるようにつきあいはじめたんだ」

「姉さんらしい……けど……」

立佳は何度もまばたきをする。立佳の目から見たら、似合いの二人だったのに。

「彼女が結婚したあとも、しきりに外出をしていたのは、いつまで経《た》っても非情熱的な私という男を諦《あきら》めてしまったからかもしれない」

隆一は、苦く呟く。

「それでも、私は彼女が好きだったよ。彼女が望む形ではないにしても……。憎《にく》めない人だった」

「……うん」

立佳は、小さく頷く。「憎めない人」というのは、姉にぴったりの言葉だ。

「それに、彼女との結婚生活は悪いものじゃなかった。私は、一人の時期が長かった。だから、立佳が……君がいてくれることが、本当に嬉しかったんだ。君はいつも、一生懸《いっしょうけん》命《めい》私や玲のことを思ってくれていたな」

隆一は目を細め、いとおしげに立佳を見つめた。

「……一緒に暮らすうちに、私はいつのまにか惹《ひ》かれてしまった。私に恋愛感情を教えるのだと言った女性ではなく、その弟に。誰よりも私のことを大切にしてくれて、傍にいるだけで心が安らぐ存在である君を、愛してしまったんだ」

「自覚《じかく》したのは、よりにもよって玲が亡くなったあの夜だ。うたた寝をしていた君に、思わずキスして……――君は目を覚ましたが、気づかなかったな」

立佳は、どういう顔をしていればいいのか、わからない。立佳が隆一への恋を自覚してしまったあの罪深い夜が、隆一にとっても同じ意味を持っていたなんて、想像もしていなかった。

「僕も、あのころから隆一さんが好きだった。でも、隆一さんは姉さんが好きだって思っていたし、こういうのはいけないって思ってた」

「私もだ。よりにもよって、妻の弟への気持ちを、妻が亡くなった夜に自覚してしまったとはな。罪悪感《ざいあくかん》で、打ちのめされたよ」

隆一の深い憂愁は、玲への罪悪感のせいだったとは……――立佳は、想像もしていなかった。

「で、でも花は？　姉さんの好きな花」

「立佳も好きだろう？」

「え？」

「私が玲に渡した花束を、いつも大切そうに抱えていてくれたじゃないか。それに進んで世話《せわ》をしてくれていたし……。玲も『立佳もあの花を喜んでる』と言っていたから。……それに、あの白い花は、どちらかと言えば、君のイメージだ」

隆一はうろたえる。

「違うのか？」

「それは……、隆一さんがくれた花だったからだよ」

「好きなわけじゃないのか？」

「隆一さんの想いが籠《こ》もってるなら、なんでも好きになると思う」

立佳は、小さく呟いた。

まさか、ここまでお互いが違うことを考えているなんて、想像もしていなかった。

「古坂さんのことは、本当になんでもないの？」

「古坂鈴菜さんは、仕事の相手だ。立佳がなにを気にしているのかは知らないが」

隆一は、いぶかしげに首を傾げる。

「でも、隆一さんは法人専門の……」

「鈴菜さんは夫の恵一《けいいち》氏と、フラワーアレンジメントの学校を経営している。離婚に伴《ともな》い、その共同名義《きょうどうめいぎ》の学校の権利関係《けんりかんけい》で、いろいろ揉《も》めているんだ。それで、私が担当している。もともとは、仕事で事務所に来たときに実承に依頼したようだが、彼は手一杯でね」

立佳は、目を丸くしてしまう。

まさか、そんなことになっているなんて、思いもしなかった。

——そういえば、実承先生ともあの花屋では会ったっけ。

下の名前で隆一が呼ぶのも、古坂姓の人間同士の案件《あんけん》に関《かか》わっているせいで、紛《まぎ》らわしいからなのだろう。古坂鈴菜のほうがどう思っているのかは、わからないが。

古坂は気さくな女性だから、ただ単に気安く隆一の名前を呼んだだけなのかもしれない。

「不安にさせて、すまなかった。君のことを思うと、自分の想いは明かすべきじゃないと考えたが、かえって苦しめていたんだな」

隆一は、悔いるように呟く。

「……隆一さんが、僕のことをいっぱい考えてくれているのはわかるよ。だから、僕は隆一さんのことが好きになったんだ。傍《そば》にいればいるほど、好きで好きでどうしようもなかった」

立佳は、隆一の額に自分の額をくっつける。

たとえすれ違ったり勘違いがあったりしても、その隆一の想いだけは本物なのだ。立佳の胸にどれだけどろどろとした感情が渦巻《うずま》いても、彼を愛する心だけは本物だったように。

玲への罪悪感を抱きながらも、互いを想うことを止められない。

「私を、許してくれるか？」

「どうしてそんなことを言うの？」

「さんざん回り道をしてしまった。そのぶん、立佳にも辛《つら》い想いをさせたじゃないか」

「でも、回り道の最中《さいちゅう》でも、嬉《うれ》しいこともあったよ。哀しかったり、切なかったこともあるけれども……」

立佳は、そっと隆一の手を握《にぎ》る。

「それに、今はこうして抱きしめてもらえるから。僕には、それで十分」

「……ありがとう」

隆一は、立佳の髪に頬を埋めてくる。

「愛しているよ。私には、君だけだ。これから先もずっと……」

「うん。僕も、隆一さんが好きです」

隆一の手を取ったまま、立佳はじっと彼に身を寄せる。

口づけが、静かに降りはじめた。何度キスしても、足《た》りないとでもいうかのように。

長かった回り道の果てがここだというのならば、これ以上幸せなことはない……——キスを数えながら、立佳は静かに目を閉じた。

あとがき

こんにちは、初めまして。柊平《くいびら》ハルモです。

このたびは、「背徳のくちづけ」をお手にとってくださいまして、ありがとうございました。早いもので、ガッシュ文庫さんでは二冊めの本となります。今度はしっとりした感じの年の差カップルのお話になりました。

さてさて、この本は元検事だった弁護士と、高校生の男の子のお話です。亡くなった姉の夫に当たる人を好きになってしまった受の話。それでもって、攻のことが好きなあまり、誤解を招くようなことを言ってしまって、話はこじれていくわけですが……。私は、攻が好きなあまりに思いつめて暴走するタイプの受が好きなのだろうかと、いまさらのように考えこんでしまいました。

ガッシュ文庫さんの前作「ずっと好きでいさせて」とは攻のタイプが真逆で、落ち着いたよきお兄さんで保護者っぽい攻なのですが、そのせいでますます受が思いつめてしまうという感じでしょうか。攻は大人だけれども、大人だからこそのずるさもあるし、罪悪感も抱えているような感じかな?

くっつく前から基本がラブくて、お互いのことしか考えていない人たちなので、基本がラブ好きの私は、自覚のないラブラブを書くのが楽しかったです。

今回もお話が本になるまでに、たくさんの方にお力添えをいただきました。

お忙しい中、イラストをお引き受けくださいました緋色《ひいろ》れーいち様、本当に美しいイラストでこのお話を飾ってくださいまして、ありがとうございます。カバーデザインを担当Mさんから送っていただいたときに、あまりの嬉しさに浮かれてしまいました。次作もまた、よろしくお願いいたします。

担当Mさん、今回は本当にご迷惑をおかけして申しわけありませんでした。データを飛ばしたと申し上げた瞬間の、しばしの沈黙が忘れられません。その後も、あれこれとご無理を言ったりして、本当に申し訳ありませんでした。次回こそ優等生入稿を目指します。

そして最後になってしまいましたが、この本をお手にとってくださいました皆様、本当にありがとうございました。お楽しみいただけたのであれば、嬉しく思います。ガッシュ文庫さんでの次作は、今回お話に出てきた弁護士事務所の話になるので、もしご縁がありましたら嬉しいです。もう少しアダルトな感じのお話になる予定です。

それでは、またどこかでお会いできますように。

柊平ハルモ

カサブランカ… いいですねー♡
私も大好きな お花の
一つです。今回 たくさん
描けて楽しかったです。
次回作も何か お花の
モチーフが あるのでしょう
か？楽しみです♡

緋色れーいち

KAIOHSHA ガッシュ文庫

背徳のくちづけ
（書き下ろし）

背徳のくちづけ
2005年11月10日初版第一刷発行

著　者■柊平ハルモ
発行人■角谷　治
発行所■株式会社 海王社
〒102-8405
東京都千代田区一番町29-6
TEL.03(3222)5119(編集部)
TEL.03(3222)3744(出版営業部)
印　刷■図書印刷株式会社
ISBN4-87724-513-8

柊平ハルモ先生・緋色れーいち先生へのご感想・ファンレターは
〒102-8405 東京都千代田区一番町29-6
（株）海王社 ガッシュ文庫編集部気付でお送り下さい。

KAIOHSHA ガッシュ文庫

天王寺グループ社長の三男・大手おもちゃ会社社長・泰明は、買収予定の海原工業で出会った若き発明家・聖に一目惚れしてしまう。聖の勘違いをいいことに身分を明かさずそこで働くことになった泰明。嘘を知られたら聖の側にいられないと知りながらも、心を奪われていくが…。

KAIOHSHA ガッシュ文庫

白衣の悪魔に溺れちゃう？
大槻はぢめ
Hadime Ōtsuki Presents
Illustration
みろくことこ
Kotoko Miroku
この人、
手慣れすぎてる!!

夜の歓楽街で逢った怖〜いヤクザさんに連れ去られた僕・水琴は、一晩エッチなコトをあれやこれやされてしまった!!　次の日学校で昨夜のエッチばかり考えて熱を出し、保健室に運ばれた僕の前に、そのヤクザ・泰臣さんは白衣を着て現れる!　えー!?　ヤクザさんなのに、保健の先生!?

KAIOHSHA ガッシュ文庫

陵辱《りょうじょく》は蜜《みつ》よりも甘《あま》く
あすま理彩
RISAI ASUMA
ILLUST 桜川園子
SONOKO SAKURAGAWA
お前は、憎い男に
犯されて達くんだよ
——憎い男に、抱かれる。父の特許を奪い急成長した会社の社長・人見。父の仇を討つため近づいたのに、逆に一詩は激しく陵辱されてしまう…！　「俺の好きな時に脚を開いてもらおうか」御曹司である一詩が、傲慢鬼畜な人見に跪き、口づけて、隷属を誓う屈辱…。　激しくも切ない、ドラマティックラブ。

ガッシュ文庫

小説原稿募集のおしらせ

ガッシュ文庫では、小説作家を募集しています。
プロ・アマ問わず、やる気のある方のエンターテインメント作品を
お待ちしております！

応募の決まり

[応募資格]

商業誌未発表のオリジナルボーイズラブ作品であれば制限はありません。
他社でデビューしている方でもＯＫです。

[枚数・書式]

40字×30行で30枚以上40枚以内。手書き・感熱紙は不可です。
原稿はすべて縦書きにして下さい。また本文の前に800字以内で、
作品の内容が最後まで分かるあらすじをつけて下さい。

[注意]

・原稿はクリップなどで右上を綴じ、各ページに通し番号を入れて下さい。
また、次の事項を１枚目に明記して下さい。

タイトル、総枚数、投稿日、ペンネーム、本名、住所、電話番号、職業・学校名、年齢、投稿・受賞歴（※商業誌で作品を発表した経験のある方は、その旨を書き添えて下さい）

・他社へ投稿されて、まだ評価の出ていない作品の応募（二重投稿）はお断りします。

・原稿は返却いたしませんので、必要な方はコピーをとって下さい。

・締め切りは特別に定めません。採用の方にのみ、３カ月以内に編集部から連絡を差し上げます。また、有望な方には担当がつき、デビューまでご指導いたします。

・原則として批評文はお送りいたしません。

・選考についての電話でのお問い合わせは受付できませんので、ご遠慮下さい。

※応募された方の個人情報は厳重に管理し、本企画遂行以外の目的に利用することはありません。

宛先

〒102−8405　東京都千代田区一番町29−6
株式会社 海王社　ガッシュ文庫編集部　小説募集係